ALBERT ESPINOSA

BRACCIALETTI AZZURRI

Ama il tuo caos

Romanzo

Traduzione di Silvia Bogliolo

SALANI EDITORE

Titolo dell'originale
EL MUNDO AZUL

ISBN 978-88-6918-239-6

Per informazioni sulle novità
del Gruppo editoriale Mauri Spagnol visita:
www.illibraio.it

La poesia di p. 172-173 è tratta da:
Rafael Alberti, *Poesía I-IV*, Seix Barral 2003-2006

1862 2012
ADRIANO SALANI EDITORE
Da 150 anni più felici con un libro

Gruppo editoriale Mauri Spagnol
Milano

www.salani.it

Sì, rischia.
Questa è sempre la risposta.

Scritto a...
Ischia, Lanzarote,
Santiago del Cile,
Barcellona, Buenos Aires,
Minorca e New York.

Il momento migliore per piantare un albero era vent'anni fa. Il secondo miglior momento è ora.

Proverbio cinese

Tra vent'anni sarai più deluso per le cose che non hai fatto che per quelle che hai fatto. Perciò esplora, sogna e scopri.

Mark Twain

PROLOGO

Dopo *Braccialetti rossi. Il mondo giallo* e la sceneggiatura per la serie televisiva *Braccialetti rossi* sentivo il bisogno di concludere questa trilogia di colori che parlano di vita, di lotta e di morte.

Braccialetti rossi. Il mondo giallo (2008) ha superato ogni mia previsione, e non mi riferisco al numero di lingue in cui è stato tradotto o alle tante edizioni che ha avuto; parlo della cosa più importante: il contatto con le persone attraverso l'enorme quantità di e-mail che ricevo ogni giorno in cui mi raccontano cosa ha significato il libro nella loro vita.

Quelle ottomila e-mail quotidiane sono un premio difficile da spiegare. Sono l'affetto per un colore che mi emoziona. Il fatto è che tutti abbiamo un libro preferito e il mio è *Braccialetti rossi. Il mondo giallo*. È come l'orgoglio di un padre davanti al suo primogenito.

Per gli altri romanzi provo sensazioni diverse.

Tutto quello che avremmo potuto essere io e te, se non fossimo stati io e te (2010) nasce dai miei sogni e desideri. Contiene parte di un'opera teatrale accanto alla quale si è sviluppato (il testo in lingua catalana *El fascinant noi que treia la llengua quan feia treballs manuals*) e parla degli stessi temi, ma da un punto di vista differente.

Parla di un ragazzo che vuole dormire e non può, che desidera amare ma non sa come si fa e, soprattutto, che si ritrova ad affrontare un dono che non sa gestire.

Se mi chiami mollo tutto... però chiamami (2011) mi ha fatto passare una festa di Sant Jordi emozionante e piena di sorprese quanto quel Sant Jordi di parecchi anni fa, in cui persi la gamba, e il protagonista è il personaggio nel quale più mi sono identificato: quel Dani che cerca di crescere e che trova bambini quando il suo si è smarrito.

Bussole in cerca di sorrisi perduti (2013) è nato come gemello di un'opera di teatro (*Els nostres tigres beuen llet*). In entrambi i testi cercavo di trasmettere la riconoscenza che sento per il mio amico Antonio Mercero; la sua lotta mi guida ogni giorno come un faro verso una persona tra le più oneste che abbia mai conosciuto.

E ora arriva *Braccialetti azzurri. Ama il tuo caos.* Il bisogno di scrivere questo libro supera qualunque sentimento possa spiegarvi.

È un libro caotico nel contenuto, nell'espressione e nelle emozioni che trasmette.

Ho cercato di non pensare ad altro che a rovesciarvi dentro tutto il mio mondo. Ciascun capitolo intende rappresentare una sensazione esistenziale che ho sperimentato in un momento della vita.

Inizia con il colore giallo o con il rosso, ma a poco a poco vira verso l'azzurro.

Nasce contemporaneamente a *Pitahaya*, il cortometraggio che mi ha dato tanta allegria e nel quale il motto 'Ama il tuo caos' illumina ogni scena.

Spero che tra pochi mesi possa vedere la luce anche il film. Il bisogno di girarlo insieme a coloro che amano il mio caos è una passione per cui mi batterò tutta la vita.

I miei primi tre romanzi sono rischiarati dal colore giallo. Vorrei che i prossimi tre fossero azzurri. Non mi importano le sfumature: non so se sarà blu cobalto, celeste, turchese o azzurro lapislazzulo.

Però so che questa storia nasce da personaggi reali, persone che ho conosciuto durante quella fatidica settimana in cui la mia vita stava per arrivare al capolinea, quando avevo sedici anni e mi diagnosticarono quel tre per cento di possibilità di cavarmela che ha segnato indelebilmente il resto dei miei giorni.

Questo libro è un'opera di 'fantasia-non fantasia' che si lega a quel Leo di *Braccialetti rossi* che doveva trovare la propria strada. Ma c'è anche qualcosa di quella persona che mi svelò i sette consigli per essere felice in *Braccialetti rossi. Il mondo giallo*, e soprattutto parla di quelle persone incredibili la cui vita, la cui anima, la cui bontà ho cercato di riversare in questi personaggi.

Come ho fatto in *Braccialetti rossi. Il mondo giallo*, voglio lasciarvi il mio indirizzo e-mail. Credo che entrare in contatto con voi lettori, con coloro che leggeranno il libro in altri paesi o in altre lingue, creerà un legame eterno tra noi.

Questo è il mio indirizzo: albertespinosa91@yahoo.es. Mi auguro di creare con voi un mondo azzurro...

Albert Espinosa
Lanzarote, marzo 2015

1

UN PROBLEMA È SOLO LA DIFFERENZA TRA CIÒ CHE SPERAVAMO E CIÒ CHE ABBIAMO OTTENUTO DALLE PERSONE O DALLA VITA

Mio padre ascoltava il mare, il rumore delle onde che si frangevano sugli scogli.

Non ascoltava mai le persone. Diceva che il mare, se non altro, non cerca di imbrogliarti. Passava ore a guardare la scogliera, sforzandosi di capire che cosa volesse comunicargli quel suono.

«La natura ci parla, ma siamo troppo occupati per capirla» mi sussurrava certe notti nell'orecchio buono.

Papà giocava a fare l'equilibrista su quella scogliera. Fumava proprio sul margine e la cenere che si staccava dalla sigaretta era in balia di quella sottile differenza tra cadere nel vuoto o posarsi a terra.

Si gettò da quegli scogli quando io avevo undici anni, non so se glielo disse il mare o se amava più l'oceano dei suoi figli adottivi.

Non lo seppi mai. Lo vidi la mattina dopo, cullato dalle onde. Riconobbi il suo sorriso dall'alto. Oggi sono quasi sette anni che se n'è andato. Mi restano solo tre giorni per compierne diciotto. E non so se ci arriverò...

È che quella mattina, aprendo la porta dell'ambulatorio del medico, seppi di essere morto.

Il medico si era spostato sulla sedia accanto a quella su cui mi sarei seduto io, e così capii.

Quell'uomo con il camice mi annunciò che mi restavano due o tre giorni di vita. Lo disse con una calma e una naturalezza che non sembravano implicare la perdita di una vita. Nel caso specifico, della mia.

Tutti conoscevamo la sua inettitudine nel comunicare le brutte notizie. E il fatto è che non si spostava mai dalla sua poltrona dietro la scrivania, a meno che non dovesse riferire qualcosa di tragico.

Allora si separava da quella comoda poltrona, faceva esattamente quattro passi, si sedeva sulla sedia che stava accanto a quella del paziente e senza la minima emozione sganciava la bomba.

Immagino che avesse imparato quel trucchetto in qualche corso di empatia con i pazienti. Ma a lui era rimasta impressa solo la parte teorica. Di certo si era segnato sul quaderno: 'Alzarmi e avvicinarmi', ma gli appunti facevano riferimento solo ai movimenti fisici: si era dimenticato di annotare tutta la parte sulle emozioni.

Mi ricordo di quel ragazzino con i capelli rossi, con cui avevo diviso la stanza per un certo periodo, che mi raccontò che un giorno il medico si era alzato e lui aveva avuto paura di essere in punto di morte. In realtà il medico aveva solo voglia di un caffè, se l'era preso ed era tornato a sedere. Il rosso aveva tirato un sospiro di sollievo: io non fui altrettanto fortunato.

«In ospedale avrai tutto il necessario per alleviare il dolore» continuò il medico, con lo stesso tono neutro.

Usava la parola 'dolore' quando in realtà intendeva 'morte'. Diceva 'tutto il necessario' per non parlare esplicitamente di morfina e delle altre schifezze che mi avrebbero fatto passare quei due o tre giorni sedato e incosciente. Io sapevo già da tempo che non volevo morire così.

Ho paura di morire, non mi fraintendete. Una fifa enorme. Ma quando arriverà il momento voglio essere lucido. Ne ho passate troppe per perdermi il finale.

Non voglio parlarvi di cosa ho, di quello che ho sofferto o della malattia che mi porterà alla morte. Servirebbe solo a crogiolarmi nella mia condizione. Il dolore è sempre uguale. Quando arriva, è insopportabile. Quando non c'è, te ne dimentichi.

Il dolore emotivo è esattamente il contrario: quando ti assale la prima volta, non ti immagini quanto farà male in futuro.

Mi resi conto del timore del medico a pronunciare la parola 'morte'. Fu allora che feci una cosa che desideravo da tanto tempo. Avevo letto su Internet come riuscirci senza rompermi le dita.

E mollai il mio primo pugno. In effetti, mi feci parecchio male. Internet non dice mai tutta la verità, benché avessi consultato dieci pagine diverse.

Dopo, senza guardarmi indietro, uscii da quella stanza e da quell'ospedale. Sapevo dove dovevo andare: non volevo morire lì.

L'infermiera più giovane, con cui avevo più confidenza, mi si era avvicinata quando ero ormai alla fine del corridoio. Mi aveva porto un sacchetto con i farmaci. Certe notti speciali, in ospedale, le avevo rivelato i miei piani. Mi ero illuso che magari tra noi potesse nascere qualcosa, ma in realtà le suscitavo solo compassione e tenerezza. Che di fatto sono l'antidoto al sesso più potente che ci sia.

Avevo rifiutato le medicine. Non volevo portarmi dietro niente dell'ospedale. Anche se in effetti non avevo altro: a diciassette anni non avevo una famiglia, né genitori, né fratelli... Solo quella chiave che mi pendeva dal collo e che apparteneva a quella casa sulla scogliera. Non so perché mio padre l'avesse lasciata a me, non c'ero più tornato.

In ascensore, avevo strappato il mio pigiama blu. Sia le maniche che i pantaloni. Non volevo sembrare un paziente. Quattro piani erano bastati a cambiarmi d'aspetto.

Quando si erano aperte le porte, l'odore della sala visite mi aveva assalito. Hanno sempre il profumo delle cose nuove. Tutti arrivano da casa con i vestiti puliti, il viso appena lavato e incontrano quelli che invece hanno passato la notte in ospedale, e che puzzano come i passeggeri dei voli intercontinentali. L'ascensore è un tramite perfetto.

Io non ero certamente un esperto in fatto di visite, perché malgrado la giovane età la vita mi aveva già tolto molte cose, tra cui l'opportunità di avere accanto le persone che sentono il bisogno di venirti a trovare quando sei malato.

Uscii dall'ascensore e mi bloccai sulla porta dell'ospedale, a guardare il mondo esterno. Non mi era facile abbandonare quel surrogato di 'casa'.

Mi infilai gli auricolari da cui non mi separavo mai. Amo la musica più di ogni altra cosa, anche se il mio orecchio sinistro non funziona. L'apparecchio acustico azzurro mi accompagna fin dalla nascita e mi serve per collegare o scollegare dal mondo una metà di me.

Credo sia stato Nietzsche a dire che una vita senza musica sarebbe un errore. Io aggiungerei che, senza degli ottimi auricolari per ascoltarla, è un sacrilegio.

Partì *Tu vuo' fa' l'americano* e fu come se tutto l'ospedale si muovesse a ritmo napoletano. Cominciai a scarabocchiare su un foglio quello che avevo vissuto accanto a quel medico. Lo facevo sempre, disegnare le sequenze della mia vita era il mio diario. Non mi piacevano molto le parole. Solo i suoni, compreso quello della matita sul foglio mentre ricreava istanti appena vissuti.

Mi ha sempre entusiasmato trovare il ritmo del mondo. Non ascolto i rumori della strada: non sono piacevoli. I discorsi della gente sono sempre lamentosi. Si lamentano della vita, del marito o della moglie, del lavoro. Lamentarsi non ha senso.

Sono sempre stato convinto che i problemi non esistano: si creano pensando. Un problema è solo la differenza tra ciò che speravamo e ciò che invece abbiamo ottenuto dagli altri o dalla vita.

2

E RICORDATI CHE QUANDO SPIEGHI
QUESTA TEORIA SULLA LIBERTÀ,
SUL NON AVERE OBBLIGHI,
DI CERTO TI DIRANNO: « MA SE TUTTI
FACESSIMO COSÌ, SE TUTTI FOSSIMO
LIBERI DI SCEGLIERE,
SENZA OBBLIGHI, SEGUENDO SOLO
I DESIDERI... CHE NE SAREBBE
DI QUESTO MONDO? »
TU RISPONDI SOLTANTO:
« E FACENDO TUTTO QUELLO
CHE SI RITIENE SI DEBBA FARE...
CHE NE È DI QUESTO MONDO? »

Ero lì, paralizzato sulla porta, con il mio pigiama a brandelli e la mia musica, senza sapere se stavo prendendo la decisione giusta.

Sarei potuto morire in quella che era stata casa mia negli ultimi cinque anni, la stanza numero 371, con i calmanti e un'assistente sociale accanto, che probabilmente avrebbe cercato di instaurare un legame emotivo con me; oppure partire alla ventura e andare al Grand Hotel.

Non ricordo più con precisione chi fu il primo paziente a raccontarmi del Grand Hotel. Era una chimera sentita centinaia di volte e non ero neppure sicuro che esistesse davvero. In più, mi era sempre piaciuto che lo chiamassero 'Grand Hotel' e non banalmente 'Hotel': gli dava un lustro tutto particolare.

Mi pare di averne sentito parlare dal primo dei miei compagni di stanza in ospedale. Quell'uomo aveva una vita emozionante quando si ammalò, e forse fu proprio per questo che gli costava tanto rassegnarsi all'idea di morire.

Quanto più hai, quanto più ti senti radicato i
mondo, più ti addolora lasciarlo.

Di tutti gli alberghi che aveva visitato, il Grand Hotel di Rimini gli aveva rapito il cuore. Mi raccontò che vi era morto Fellini. Non sapevo se fosse vero e lo cercai su Internet (il mio grande alleato contro tutte le bugie prodotte dalla fantasia delle persone che vogliono rendersi interessanti); trovai solo che ebbe un attacco cardiaco nella stanza 315 di quell'albergo e che lo trasportarono in un ospedale dove morì.

Tuttavia non mi stupì che la verità di quell'uomo si allontanasse leggermente dalla realtà. Lui tendeva sempre a migliorare le storie. Un giorno mi disse che la realtà è lenta e che occorre modificarla o variarla un po' per catturare l'attenzione di chi ti ascolta.

Aveva qualcosa al fegato che era terminale, non ricordo il termine specifico. Quando lo visitava il dottore, io mi infilavo gli auricolari e gli lasciavo la sua privacy.

Soffriva così tanto che ogni quindici secondi esatti urlava. Era uno strillo tremendo. Con il tempo cercai di fargliela trasformare in note musicali spingendolo a cantare: che approfittasse del dolore per raggiungere acuti da cantante d'opera. Amo talmente la musica che mi convinsi che se il suo dolore si fosse trasformato in note, sarebbe scomparso.

Lo fece, ma il passaggio dal dolore profondo all'acuto musicale generava un suono strano. Aveva fiducia in me e mi rispettava. E anch'io rispettavo lui, soprattutto quando venivano a trovarlo le figlie.

Nelle due ore in cui loro erano lì, tratteneva totalmente il dolore. Non so come ci riuscisse, ma reprimeva quell'urlo straziante. Mi faceva sempre pensare a uno di quei giocatori di football che si iniettano chissà quali farmaci per poter giocare la partita della loro vita. Soffrivo per lui al pensiero di tutto il dolore che accumulava. Quando le ragazze se ne andavano, cacciava un grido che riempiva l'intero ospedale e si trasformava in un grande do di petto.

Le figlie erano gemelle. Mi disse che la moglie era morta un anno prima in un incidente d'auto in cui aveva temuto di perdere anche una delle figlie. Si emozionava molto quando parlava di lei. Si era rifatto una vita con la moglie di suo fratello, ma credo che quell'amore che gli avevano strappato in realtà non gli fosse uscito dalla testa.

Mi raccontò anche che suo padre era stato un regista; per questo era così entusiasta degli ultimi anni di Fellini al Grand Hotel di Rimini. Intuii che il suo rapporto con il padre dovesse essere stato complesso.

Mi regalò *Il libro dei sogni* di Fellini, un'enorme raccolta dei disegni e dei testi che il maestro sognava ogni notte.

Fui felicissimo quando in quell'estate afosa arrivò un fattorino con quel gigantesco pacco per me. Il fattorino era un ragazzino della mia età e credo che non avesse mai consegnato niente in ospedale. Si copriva la bocca con la mano, aveva paura di beccarsi qualcosa, anche se nemmeno lui sapeva cosa.

Era bello, e i belli sono fifoni di natura: hanno paura

di perdere la bellezza, o i capelli o la loro magnifica pelle. Quanto tempo perdono a pensare a queste cose anziché godersi le qualità che gli sono arrivate in sorte!

Mi diede la penna perché firmassi la ricevuta, ma non la rivolle indietro. Temeva ci fossero chissà quali microbi...

«Dovresti usarne una di rame» gli dissi.

«Rame?»

Non capì.

«Il rame tiene lontani i batteri, tiene lontano tutto. Compratene una di rame».

Me lo aveva raccontato un ragazzo di Santiago del Cile che era venuto per un trapianto, non ricordo se di rene o di fegato. Mi ricordo però che mi disse che il rame è molto apprezzato in Cile: è il loro prodotto di punta e nasce dalle viscere della terra. Parlava con una tale passione di quel materiale che decisi di volere anch'io qualcosa di rame. Ho sempre creduto che le passioni degli altri possono diventare anche tue, se hanno buoni argomenti.

Soprattutto comunque mi piacque moltissimo vedere scritto sul pacco il numero della mia stanza. Mi sembrò di avere una casa, perché ricevere posta aiuta a convincersi di avere un luogo tutto nostro.

Nel pacco c'erano film, libri e colonne sonore di Fellini e di Visconti. Fellini non mi entusiasmò, fatta eccezione per quel finale di *8 ½* con *La passerella d'addio* di Nino Rota. Gli addii alla vita, quando sono fatti bene, penso che debbano essere così: con tutta la gente che hai amato che sfila sulle note della fanfara. Ho visto tante volte quel finale che è come se l'avessi vissuto, come se fosse un'altra sequenza della mia vita.

E, curiosamente, ora lo stava diventando.

Vi ho raccontato tutto questo perché il mio primo compagno di stanza voleva morire in un luogo che chiamavano Grand Hotel. Mi disse che esisteva una fondazione che ti aiutava ad andare in un luogo idilliaco per passarvi gli ultimi giorni.

Non pagavi niente, ma del resto non ci stavi molto a lungo. Ci provò, ma non lo accettarono. Doveva dimostrare che non aveva nessuno che si occupasse di lui in quegli ultimi giorni e che stava per morire. In sintesi, che era un morto di fame e la sua vita uno schifo.

Lui aveva le gemelle e dunque non lo presero, ma in realtà a lui premeva proprio che le ragazze non dovessero vederlo morire.

Diventò tristissimo quando gli negarono l'ammissione.

Mi passò il numero di quelli del Grand Hotel, se per caso un giorno fosse toccato a me. Lo fece con delicatezza, augurandomi di non doverlo usare mai, ma consapevole che la mia fine invece era vicina. Lo sapevamo entrambi. Il mio non mi provocava dolore, ma era mortale quanto il suo. Meno sonoro, ma ugualmente letale.

In quel periodo io avevo tutti i requisiti, tranne l'essere in punto di morte. Ma sapevo che prima o poi ci sarei arrivato.

Quando mi accorsi che il momento era imminente, scrissi una e-mail e nel giro di poche ore mi dissero che «al momento giusto» mi avrebbero riservato un posto.

Dovevo solo fare una telefonata e tutto il meccanismo si sarebbe messo in moto.

Ora era arrivato il giorno di farlo: potevo chiamare e andare al Grand Hotel.

Fu in quel momento che decisi di avventurarmi per strada e lasciarmi alle spalle quell'ospedale da cui non riuscivo a staccarmi.

Sentii che dovevo essere coraggioso.

L'aria della strada mi sembrò un regalo.

Mi parve di rinascere.

Avevo bisogno di un cellulare per telefonare. Pensai di chiederlo a qualcuno in sala visite, ma era complicato. Nel cellulare ognuno conserva i propri segreti, sono le casseforti dei nostri tempi.

Mi orientai su una ragazza dal viso gentile sulla trentina che aveva una borsa in cui doveva trasportare tutta la sua vita, a giudicare dalle dimensioni esagerate.

«Potrei fare una telefonata? Ci metto solo un minuto». Accompagnai la richiesta con un sorriso.

Rifletté.

«Devo parlare con una persona per dirgli che sto morendo». Cancellai il sorriso.

In un lampo mi porse il telefono. Le tremava la mano. La sfiorai prima di prendere il cellulare e sentii sulla punta delle dita una parte dei suoi lutti.

Ogni numero che digitavo era un passo avanti nel mio viaggio. Sapevo che con l'ultima cifra l'avventura sarebbe cominciata.

Quando dall'altro lato della linea mi dissero «Sì», riuscivo solo a pensare a quel primo compagno di stanza e all'incredibile discorso che mi fece poco prima di morire, quando le fitte di dolore ormai esplodevano ogni cinque secondi...

La base di tutto è pensare che oggi è il giorno in cui morirai.

Questo dà senso alla vita. Nient'altro.

E quando il giorno dopo ti svegli, sarai felicissimo di accorgerti che ti hanno regalato altre ventiquattro ore.

Però ricordati che ogni giorno va vissuto a modo tuo. A che serve vivere se sono gli altri a dettare le regole? Con le leggi di chi vuol farti credere che vivrai mille anni, per non farti concentrare mai.

No, non vivremo mille anni: vivremo un giorno. E poi un altro, e un altro ancora... Se pensi così, riuscirai a non cadere nelle loro trappole per farti ipotecare la vita.

Pensaci bene: se ti restasse solo un giorno andresti a lavorare? Pagheresti le bollette? Ti interesserebbero le notizie sul giornale?

O piuttosto cercheresti di innamorarti? Di giocare? Di ridere? Amare? Urlare? Cantare? Che faresti?

Capisci? Non devi fare niente che non desideri. Vivi l'attimo. Goditi il momento.

E soprattutto dimentica gli obblighi: sono un circolo vi-

zioso. Se entri in quella ruota, ci saranno sempre nuovi obblighi. Sempre.

Se vivi secondo le loro norme, la città ti impedirà di vedere la tua anima. Quei palazzi altissimi sono stati messi lì per non lasciarti scorgere nient'altro che altri edifici.

E ricordati che quando spiegherai questa teoria sulla libertà, sul non avere obblighi, di certo ti diranno: «Ma se tutti facessimo così, se tutti fossimo liberi di scegliere, senza obblighi, seguendo solo i desideri... che ne sarebbe di questo mondo?»

Tu rispondi soltanto: «E facendo tutto quello che si ritiene si debba fare... che ne è di questo mondo?»

Il problema non è che usiamo solo il dieci per cento del nostro cervello, ma che non usiamo neppure il due per cento delle emozioni del nostro cuore.

Quando mi fece quel discorso, l'uomo non sembrava triste o addolorato. Parlava come se sapesse cosa diceva, come se elencasse una parte dei suoi errori. E se c'è una parte di verità la si può prendere, malgrado forse non tutto ci trovi d'accordo o ci convinca.

Morì, e il grido di dolore mi ricordò il finale della romanza *E lucevan le stelle*.

Quell'"addio alla vita' della *Tosca*:

E non ho amato
mai tanto la vita,
mai tanto la vita!

Adesso lo capivo: neanch'io l'avevo mai amata tanto come ora che la perdevo. E non so perché. Il mondo mi ha tolto così tante cose che ancora non mi spiego il motivo per cui mi battevo a tal punto per restarvi di più.

Ma ormai il viaggio verso la mia fine o il mio inizio era cominciato.

Avrei viaggiato incontro alla morte.

3

MI SVEGLIO,
NON MI INTERESSA.

SOGNO,
È FUORI CONTROLLO.

AMO,
NON CHI DESIDERO.

Ed eccomi sull'aeroplano, a non so quanti metri di altezza e a una velocità da pazzi. Sentivo che era il momento di andare controcorrente.

Già all'imbarco, mi ero accorto di quanta rabbia avevo in corpo per essere costretto a sparire dal mondo, per tutto ciò che mi stava succedendo e per come mi sforzavo di concludere in bellezza.

È che questa vita ci trascina, ci conduce e ci muove come una marea, impossibile da controllare. E così alla fine non agiamo consapevolmente. Le onde vitali ci trasportano senza farci posare i piedi a terra. E io mi sentivo in balia. Quell'aereo sembrava una metafora perfetta: mi portava a tutta velocità a destinazione, mentre in realtà io restavo immobile, prossimo a scomparire del tutto.

Guardavo i compagni di volo. 'Compagni' tanto per dire, perché nessuno parlava con nessuno, a meno che non viaggiasse già con qualcuno. Nessuno rompeva lo schema, a meno che non avesse estremo bisogno del bracciolo, o di andare in bagno o di ritornare al suo posto.

A volte non utilizzavano neppure le parole: «Può farmi passare?» Se le risparmiavano e un rumore gutturale era sufficiente per manifestare la loro intenzione. Tuttavia non ci facevo troppo caso, perché il codice di comportamento con gli altri esseri umani scaturisce dalle proprie paure, dai desideri e dal nostro senso morale. Possiamo solo mascherarci sotto abiti, pettinature, odori e sguardi.

Sì, sguardi: la maggior parte sono falsi, non sono il riflesso dell'anima o delle paure della persona.

So che questi pensieri erano frutto dell'inizio della mia nuova vita e della fine di quella vecchia. Non ero spaventato, sentivo che se lo facevo bene, se andavo avanti su quel sentiero, l'Universo mi avrebbe ricompensato.

Una voce dentro di me ripeteva le parole del mio primo compagno di stanza:

Non sei stufo di avere paura?
Di temere sempre le conseguenze delle tue azioni?

Decisi che era arrivato il momento di smettere di essere terrorizzato, smettere di scappare dal mio destino, smettere di giocare secondo regole che non mi ero imposto io.

Guardai il mondo dall'altezza vertiginosa dell'aeroplano, pensai al massimo del volume che i miei decibel interiori mi consentivano e urlai:

NON MI PIACETE
NON MI PIACCIONO LE VOSTRE REGOLE

NON MI PIACE IL MODO CON CUI CI ISTRUITE
NON MI PIACE COME CI OBBLIGATE A ESSERE
NON MI PIACE CIÒ IN CUI CI TRASFORMATE

Nessuno su quell'aeroplano ebbe la minima reazione. Secondo me i pensieri individuali dovrebbero avere un altoparlante diverso dalla gola.

Mi chiedo perché la gente viaggi.
Mi chiedo perché vadano sempre altrove.
Che cosa li spinge? Lavoro? Amore? Riposo?

Eppure sono sicuro che, se glielo chiedessi, scopriresti che è la paura. Ci spostiamo per la paura di perdere il nostro posto nel mondo.

Quanto ci serve realmente per vivere? Non quanti soldi, ma quanto amore? Quanto sesso? O quanti sogni?

Fu allora che mi ricordai che quella notte avevo fatto un sogno erotico. Direi che erano mesi che non ne facevo uno così bello, di solito erano corpi nudi e pezzi di pelle. Invece questo era diverso.

Tutto si risolveva in un giro intorno a un altro corpo e in uno strano bacio.

Il bacio era avvenuto proprio nel momento in cui l'infermiera mi svegliava. Non mi ricordavo altro. Nient'altro.

Ebbi la sensazione che fosse qualcuno dal passato o

dal futuro che veniva ad avvertirmi che stavano per accendere la mia miccia.

Tuttavia adesso ero sicuro che se lo facevo bene sarei stato in grado di controllare tutto. Sentivo che la marea si era calmata, ero di nuovo in superficie e mi ero liberato della zavorra.

Però era una sensazione falsa perché avevo ancora stretti legami con le mie paure.

Non ho mai scritto una poesia, né le ho mai capite, ma ora sentivo il bisogno di farlo.

«Equipaggio, prepararsi all'atterraggio» annunciò il comandante.

Mi ha sempre incuriosito questo messaggio in codice diretto alla squadra, che è ascoltato da tutti.

Scrissi la poesia sul primo pezzo di carta che trovai.

Mi sveglio,
non mi interessa.

Sogno,
è fuori controllo.

Amo,
non chi desidero.

Scopo,
non è come mi piacerebbe.

Penso,
a cose inutili.

Lavoro,
e mi danno soltanto soldi.

Invecchio,
a tutta velocità.

Adoro:
tutto quello che non si coniuga
con nessuno di questi verbi.

Mi sveglio e non mi interessa.

Finii la poesia e mi accorsi che lei mi guardava. Una ragazza che avrà avuto vent'anni mi osservava dalla fila due con la testa voltata, come se avesse sentito il mio pensiero mentre si componeva. Era impossibile: non si possono captare i pensieri, riceverli, decriptarli...

Mosse le labbra, non parlò e capii che ripeteva il mio ultimo verso:

«Mi sveglio e non mi interessa».

Sempre con quel suo strano sistema di comunicazione, aggiunse qualche altra parola:

«Perché non ti interessa?»

Sentii un brivido, non sapevo cosa rispondere.

L'aereo si abbassò di quota e partì una di quelle canzoni assurde che vengono diffuse per minimizzare la paura dei passeggeri.

Undici file ci separavano.

Dieci secondi all'atterraggio.

Non lo so se non mi interessava.

L'aereo iniziò a profumare di colonia. I passeggeri, come i pazienti in sala visite, desideravano mascherare l'odore del viaggio. Mascherarsi per non dover dimostrare chi erano, che cosa possedevano, che cosa non avevano.

Lei continuava a osservarmi.

Cosa avrei fatto una volta arrivati? Le avrei parlato? Mi sarei limitato a guardarla? Le avrei raccontato dove andavo?

Un colpo scosse l'apparecchio.

Più ero spaventato, più tremava l'aeroplano. Sembrava un riflesso delle mie paure, l'altoparlante delle mie incertezze.

E toccammo terra. Ma quando la cercai con lo sguardo, lei non mi guardava più e io non riuscii a ritrovarla, era come se fosse scomparsa nella transizione.

Si levarono deboli applausi per lodare il lavoro del pilota. Sembrava che applaudissero il fallimento della mia immaginazione, oppure il successo del mio desiderio frustrato.

Guardai quella poesia, scritta male sul sacchetto per il vomito.

Non riuscivo a togliere gli occhi dal verso finale che riassumeva tutto ciò che ero. Quando mi sarei concesso di non esserlo più?

Mi sveglio e non mi interessa.

4

I DRAGHI MILLENARI CULLANO SEMPRE I BAMBINI MALATI

Sbarcai e seppi che nessuno di quei visi mi sarebbe mai stato familiare. Li guardai come chi si congeda da possibili esperienze perdute. Cercai lei, con l'ansia di dimostrarmi che esisteva realmente, ma non c'era.

All'uscita dall'aeroporto, su un lato della strada, vidi il mio nome su un cartello su cui apparivano anche le parole 'Grand Hotel'.

Lo reggeva un bambino di una decina d'anni, che stava accanto a una decappottabile gialla con un cane sul sedile posteriore. Quell'immagine era la più assurda che vedessi da anni, a metà tra lugubre e fresca.

Vide che mi avvicinavo al cartello e mi abbracciò. Profumava di spiaggia e olio solare.

Si sedette sul sedile del guidatore. Io su quello del navigatore. Il cane mi annusò e mi accorsi che gli mancava un pezzo di orecchio. Il bimbo mise in moto la macchina. Due incroci dopo, imboccando una specie di autostrada, accelerò fino a centottanta all'ora.

Accese la radio e si sentì *Tu vuo' fa' l'americano* a tutto volume. Pensai che quella coincidenza potesse significare qualcosa; la stessa canzone alla partenza e all'arrivo.

Dedicai solo due secondi al tentativo di scoprirne il senso, e mi arresi. Non avevo tempo per gli enigmi.

Il bimbo continuava ad accelerare. Guidava al ritmo di *Tu vuo' fa'*. Se la musica diventava più vivace, schiacciava il pedale.

Aveva un'abbronzatura perfetta. Non capivo se fosse un paziente, il parente di qualche dottore o qualcuno dell'organizzazione. Le abbronzature perfette possono nascondere qualunque malattia, per mortale che sia.

All'improvviso arrivammo a un porto. Il bimbo salì con la macchina su un piccolo traghetto e vidi che ci dirigevamo su un'altra isola. Mi sorpresi, pensavo che fossimo già a destinazione.

Lasciò la musica alta e il motore acceso per tutta la traversata che durò quattordici minuti; sembrava che potesse ripartire da un momento all'altro.

La nostra era l'unica auto sulla barca.

L'uomo che timonava si teneva a distanza, sembrava temere che potessimo contagiarlo con qualcosa. Il bambino di tanto in tanto gli lanciava un'occhiata di sfida e il cane emetteva dei brevi latrati. La sua paura mi ricordò quella del fattorino all'ospedale. Era la seconda coincidenza, ma non ci badai più di tanto. Mi importava solo di arrivare.

Attraccammo sulla seconda isola. Era molto più bella dell'altra e c'era una luce seducente. Il bambino riprese a guidare, con lo stesso stile di prima.

«Andiamo lontano?» chiesi, perché sentivo il bisogno di saperlo.

La strada era fiancheggiata da dune che sembravano ardere sotto il sole cocente. Dietro di esse, il mare.

«Lontano, vicino. Che differenza fa?» mi rispose il bambino.

Rideva dopo ogni frase e il suo sorriso era da scoiattolo. I due denti davanti leggermente distanti gli davano un'aria innocente.

«Stai morendo?» Decisi di essere diretto.

Sembrò sul punto di frenare, ma poi invece accelerò.

«Sì... ma con classe, come vedi» rispose.

Non aggiunse altro finché all'improvviso il motore si spense e in pochi secondi l'auto si fermò. Scendemmo. Il cane andò a mettersi vicinissimo al bambino, lo proteggeva.

L'aria calda mista alla sabbia delle dune mi svegliò. Sentii sul viso i quasi quaranta gradi. Con quel soffio di aria bollente fu come essere arrivati all'inferno. Mi sembrò di stare per morire, se non fosse che già lo stavo facendo.

Mi accucciai in mezzo alla strada. Tanto sembrava che non passasse nessuno. La macchina era defunta, come sarebbe toccato a noi entro pochi giorni.

«L'automobile è morta come...» iniziò a dire il bambino.

Lo bloccai prima che terminasse la frase.

«Lo so».

Il suo umorismo e il mio si assomigliavano, immagino che lo favorisse la situazione.

«Piano B!» esclamò il bambino.

Fischiò forte verso le dune, e mi sembrò un gesto stupido. Non sarebbe uscito un meccanico da là dietro. Fischiò di nuovo, una seconda e poi una terza volta. All'improvviso comparvero due cammelli diretti verso di noi.

Immaginai che il piano B fosse montare su quelle bestie e farci portare alla nostra ultima destinazione. Ebbi paura, perché non ero mai salito in groppa a nessun animale: niente cavalli, né asini o roba simile. Le dimensioni dei cammelli mi incutevano soggezione.

«Sono dromedari» disse il bimbo, come se mi avesse letto nel pensiero.

«Cosa sono sono. Non credo di riuscire a salirci» risposi.

Ignorò le mie parole e si arrampicò come un gatto. Non so come fece, perché sembrava troppo basso sia per issarsi sia per scalarlo. Io restavo lì, bloccato.

«Perché non ci provi? Di cosa hai paura? Di morire?» mi spronò tra le risate. «E poi, è l'unica soluzione».

La sua ironia era odiosa, ma in effetti aveva ragione.

Decisi di provarci. Salii con un salto e fui così sfortunato che per la troppa spinta atterrai dall'altro lato del dromedario. La bestia emise un risolino, il bimbo l'accompagnò in coro e se non mi sbaglio anche il cane abbaiò.

«Meno slancio».

«Lo so».

Ci provai una seconda volta ed ebbi successo.

Iniziammo a trottare, o come cavolo si chiama l'andatura rapida dei dromedari. Non mi sentivo molto sicuro, ma feci del mio meglio perché l'animale non se ne accorgesse.

Puntammo verso l'interno delle dune. Il cane ci seguiva. Ero stanco. Troppi mezzi di trasporto per arrivare a quell'ultima meta: aereo, macchina, traghetto e infine dromedario.

Dopo pochi minuti scorsi un edificio. Immaginai che fosse il Grand Hotel.

Guardavo quella costruzione sapendo che non ne sarei uscito mai più. Non sentivo paura o angoscia, solo uno strano senso di vuoto.

All'improvviso il bambino cominciò a usare la gobba dell'animale come fosse una batteria e si mise a cantare *Perfect Day* di Lou Reed, ma con un ritmo più veloce.

Just a perfect day
you made me forget myself.

Non era male, era piuttosto intonato. Non avevo voglia di unirmi e tantomeno di accompagnarlo utilizzando il dromedario come uno strumento a percussione. Ma la musica ha sempre avuto la meglio su di me, e per di più quel ragazzino con il suo sorriso da scoiattolo aveva la capacità di farmi cambiare umore.

«Che aspetti? Anche il tuo non vede l'ora di suonare!» gridò, con un cenno al mio dromedario.

Esitai qualche secondo, ma ero così stanco che alla fine decisi che era arrivato il momento di lasciarsi andare. Dunque cominciai a 'suonare' il mio bestione e la verità è che funzionava a meraviglia.

E fu come se il trotto, il vento e il mondo intero suonassero al ritmo di quella canzone.

Mi sentivo vittorioso. Immortale.

Cantare *Perfect Day* in quel giorno così sconclusionato e fuori dal mondo era un toccasana. Ho sempre pensato che quella canzone fosse troppo triste, ma il modo in cui la stavamo storpiando le imprimeva una felicità enigmatica.

Con gli ultimi accordi arrivammo precisi a destinazione: un gigantesco faro che aveva intorno delle piccole casette. Il bianco delle costruzioni contrastava con il nero della terra circostante.

Rimasi assorto a contemplare quel luogo. Il bimbo scese dal dromedario veloce come era salito.

Il tono della sua voce cambiò repentinamente, come se adesso interpretasse un altro personaggio o si fosse calato in un'altra funzione.

«Benvenuto! Mi è stato chiesto di farti da guida. Non c'è molto da vedere, ma sarò lieto di mostrarti tutto. Ti è piaciuta la passeggiata?»

All'improvviso scoppiò a ridere, proprio nell'istante in cui la decappottabile gialla arrivava ai piedi del faro. Al volante una ragazza che non dimostrava più di diciassette anni.

Capii che tutta quella faccenda della cavalcata a dorso di dromedario era una specie di messa in scena a beneficio dei nuovi arrivati. Probabilmente la mia espressione si incupì perché il bambino smise subito di ridere.

«Non ti arrabbiare. È sempre meglio arrivare in grande stile, così tutto sembra più epico. Ti faccio vedere la tua stanza, seguimi».

Si mise a correre verso il faro. Il cane gli andò dietro. Salutai la ragazza ma lei non mi rispose. Anzi, mi rivolse uno sguardo carico d'odio.

«È più notturna che diurna» commentò il bambino.

Entrammo dentro il faro. C'era una grossa scala a chiocciola di legno, attraverso la quale si intravedevano diversi piani. Salimmo al primo dove c'era solo una branda.

«Qui si va in ordine di arrivo, perciò tu dormi al piano più basso. Più su ci siamo io, la ragazza furibonda e altri due che ti presenterò più tardi» concluse. Il giro turistico era finito. «Vado a prendere il sole, ci vediamo dopo. Per qualsiasi cosa...»

«I medici?» chiesi.

«Non ce n'è» rispose ridendo.

Uscì. Lo seguii, non potevo lasciarlo andare via: avevo bisogno di fargli altre domande.

«E gli altri dove vivono?»

«Non c'è nessun altro. In totale in questo posto siamo in dieci. È un luogo esclusivo e unico. Peccato che per poter venire qui, devi essere moribondo. *What a pity!*» aggiunse, con un accento inglese abbastanza divertente.

«Ma tu mi hai parlato solo di altri quattro...» ribattei.

«Alcuni li abbiamo persi e altri si stanno ancora rimettendo» fece una pausa, sembrò che stesse per dire ancora qualcosa ma cambiò idea. «Ci vediamo stasera all'ora di cena».

Se ne andò. Il cane si trattenne a guardarmi ancora per qualche istante, ma poi lo seguì a ruota. Io non sapevo che fare. Guardavo quel luogo meraviglioso e sentivo la curiosità di esplorarlo, ma il mio vero desiderio era dormire.

Scorsi la misteriosa ragazza seduta sulla sabbia proprio di fronte a una piccola baia accanto al faro. Il suo sguardo feroce mi attirava. Mi avvicinai.

Mi accorsi che aveva un occhio coperto da un cerotto su cui erano disegnati degli aerei che giravano in tondo. Immaginai che avesse un problema di occhio pigro. Gli occhiali blu che portava nascondevano quella buffa benda.

Aveva davanti una piccola scacchiera con un partita iniziata. La fissava concentrata.

Non sembrava malata e mi chiesi che cosa avesse. È sempre quello il dubbio quando scopri che qualcuno è in fin di vita: quasi mai sembra grave. Neanch'io del resto avevo l'aria del moribondo, e me lo avevano ripetuto in tanti. Non capivo mai però se lo intendevano come complimento o come critica.

La ragazza si accorse di me. Si voltò e gridò: «Non faremo niente insieme. Che sia chiaro da subito! Non cambia nulla se stiamo per morire. Non sarò la ragazza con cui perderai la verginità né puttanate del genere! Non mi piaci e non mi piacerai mai. E non chiedermi compassione, non te la darò! Rivolgiti a Bambino per queste cose: da lui troverai sempre una parola buona e una risata. Dovrebbero mettere un cartello con su scritto: 'Non portateci le vostre merde, ne abbiamo già abbastanza delle nostre'. Chiaro?»

Se ne andò lungo la spiaggia con la sua scacchiera. Non risposi. Decisi che era meglio farsi una dormita. Ma prima di tornare al faro, mi accorsi che sul retro c'era un albero gigantesco da cui pendeva un'altalena che sembrava fusa nella pianta, come se nascesse dai suoi stessi rami. Sull'altalena doveva esserci qualcuno che si dondolava.

Mi avvicinai incuriosito. Quando fui a pochi passi mi resi conto che sul sedile stava un ragazzo sui quattordici anni; dondolava ma non capivo come potesse reggersi perché non aveva estremità: le braccia e le gambe non c'erano più. Rimasi di sasso. Non seppi cosa dire. Il ragazzo rise.

«Mostruoso, eh? Non te la prendere, è meno peggio di quel che sembra».

Scese dall'altalena con un salto. Mi guardò e non seppi come salutarlo. Mi avvicinai per dargli un bacio e lui mi leccò la guancia.

«Toccami il moncherino del braccio sinistro e mi accontento» mi istruì, ridendo. «È facile: devi solo ricordarti che ogni parte rappresenta tutto il suo contenuto».

Lo feci. Il moncherino era morbido, mi sorprese.

«Quanto ti hanno dato?»

Non mi aspettavo una domanda così diretta. Mi costava rispondere: era la prima volta che me lo chiedevano.

«Tre giorni».

«Niente male, un bel colpo di fortuna...»

Non capii se era una battuta o se realmente a lui restava meno.

«Come ti sembra questo posto? Ti piace?»

«Me lo immaginavo più...»

«Ospedalizzato?» chiese interrompendomi. «Sì, non risponde esattamente ai canoni classici, ma io lo preferisco. Siamo quasi morti e quest'isola ci fa sentire vivi».

Io non dissi niente. Neppure quel tronco umano aggiunse altro e fece per andarsene.

«Che cos'ha la ragazza furibonda?» indagai.

Pensai che non mi avesse sentito, ma a un tratto il Tronco si voltò e mi fissò come se avesse già previsto la mia domanda.

«Perché arrivi qualcuno nuovo bisogna che se ne vada uno dei vecchi». Fece una pausa. «Il suo fidanzato ci ha lasciato ieri e loro avevano vissuto una storia incredibile di amore e di sesso che non ti puoi neppure immaginare.

«In più condividevano la passione per gli scacchi. Quella partita che si porta dietro è quella che non sono riusciti a finire. Figurati».

Fece un'altra pausa e poi precisò: «Tu sei il bastardo che ha occupato il suo posto. Perciò, come puoi facilmente intuire, ti odierà fino al giorno della sua morte. L'aspetto positivo è che non vi resta molto, a nessuno dei due, perciò non sarà un odio eterno.

«Anch'io appena arrivato sono stato odiato da uno degli innamorati che avevano perso il loro amore, e pensa che, ovviamente, ero perfino caduto dieci volte dal dromedario».

Non dissi niente.

«Ti piace pescare? Vieni?»

Feci no con la testa.

«Niente pesca? Non vuoi venire?»

Non risposi.

«Se vuoi, puoi dondolarti sul mio Drago. Ha quasi mille anni e credo che sia consapevole della nostra corta esistenza, e ci culla perché in un certo senso gli facciamo pena. Sentirai uno strano piacere a dondolarti, per lui siamo come un sospiro. Approfittane».

Tronco se ne andò. Guardai quell'imponente Drago: non credevo a tutto quello che mi aveva raccontato ma mi faceva male un polmone. Se fossi stato in ospedale, avrei chiamato il medico. Qui, senza farmaci, pensai che non mi restava altro che farmi cullare dall'albero.

E non so se fu la stanchezza, il potere del Drago o lo strano miscuglio di cortesia e ostilità degli ospiti di quell'albergo, ma in pochi secondi mi addormentai come un ghiro.

5

DEVI BATTERE FORTE
PERCHÉ IL MONDO SAPPIA CHE ESISTI

Mi svegliai e incredibilmente ero ancora sul Drago, non ero caduto. Era buio e avevo fame. Non sapevo quante ore avessi dormito.

Entrai nel faro, ma non vidi nessuno. Nemmeno l'ombra della ragazza, né di Bambino o di Tronco. La scala a chiocciola mi faceva impressione e non so perché ma non riuscivo ad andare più su del mio piano.

All'improvviso ci fu un rumore, da fuori, e fu sufficiente a farmi uscire. Per terra, accanto alla porta, vidi un foglio sotto una grossa pietra. Immaginai che l'avessero appena messo, perché era strano che non l'avessi notato entrando, benché con il jet lag che avevo addosso tutto era possibile.

Il biglietto diceva:

Vai a nord più che puoi; ti aspettiamo lì. Dov'è il nord? Te lo mostra la pietra. Ti si raffredda la cena, non fare tardi!

Abbassai gli occhi e in effetti la forma della pietra indicava una direzione precisa.

Forse era l'ennesima trovata per i nuovi arrivati, ma la fame mi spronò a partire subito.

Camminai per un buon quarto d'ora, e quando ormai stavo per rinunciare li vidi.

Erano in una piccola baia, limitata da una montagna nella parte più stretta della costa.

Bambino era pronto a tuffarsi in acqua da un trampolino. Il cane lo teneva d'occhio dal basso. Si capiva che non smetteva mai di proteggerlo. Mi piacque quell'immagine, mi sfiorò qualcosa dentro.

Quel luogo era davvero magnifico. C'era odore di barbecue e la spiaggia era piena di lanterne.

Scesi dalla collina. Dalla riva si alzava una montagna immensa. Era un luogo davvero particolare, dove convivevano strani binomi della natura, ma probabilmente non troppo diversi dai contrasti che c'erano tra noi che la abitavamo.

Bambino mi venne incontro di corsa. La ragazza furibonda rimase vicino al mare. Tronco e qualcuno che non conoscevo stavano preparando la cena su delle strane griglie.

Quella festa mi metteva a disagio, non credevo che il mio arrivo avrebbe costretto tutti a darsi da fare. Però ne fui anche lusingato: nessuno mai mi aveva preparato un benvenuto del genere.

C'era un grande tavolo perfettamente apparecchiato con in mezzo un favoloso centrotavola di petali di fiori.

Bambino mi raggiunse prima ancora che fossi arrivato in fondo alla collina.

«Qui pranziamo e ceniamo. Non è sempre così addobbato, ma oggi è festa. Hai fame?»

«Un po'».

«Ottimo! Vieni, ti presento quelli che ancora non conosci».

Bambino sprizzava allegria. Ma non ero sicuro se tanta gentilezza dipendesse dal fatto che si era assunto l'incarico di farmi da Cicerone o se, in effetti, gli fossi davvero simpatico.

Ci avvicinammo alle griglie su cui c'erano mucchi di carne ad abbrustolirsi. Era strano vedere Tronco che girava le gratelle con i moncherini. Era preciso e guardarlo era un incanto.

Poi mi accorsi che non c'erano fuochi, che tutto quel calore proveniva dalla terra stessa, e fu allora che capii che la strana montagna era in realtà un piccolo vulcano inattivo ma sufficientemente in forma per riuscire ad arrostire tutta quella carne.

«Impressionante, vero?» fece Bambino, anticipandomi un'altra volta.

Non seppi cosa rispondere. La bellezza di quel posto mi toglieva il fiato. Mi presentò la ragazza che non conoscevo: era una donna che aveva tre volte la nostra età. Mi sorprese, pensavo che quel luogo fosse riservato solo ai giovani.

Probabilmente mi lesse in viso lo stupore.

«Ho undici anni, bello» la voce era quella di una bambina. «Ma il mio corpo se n'è dimenticato e mi ha triplicato l'età».

Fu disarmante. Non seppi cosa dire; forse diventai addirittura rosso. Tronco e Bambino scoppiarono a ridere.

«Ha quattordici anni, ma se ne toglie qualcuno per rendere tutto più melodrammatico» la prese in giro Tronco.

Lei lo spinse con la gamba e lo fece cadere.

«Via dalla mia cucina, bello. Adesso ho un nuovo aiutante».

Tronco protestò da terra, e lei rise. Avevano una strana relazione di amore-odio. Bambino si allontanò con Tronco, trascinandosi con lui e unendosi alle sue proteste. Il cane li seguì.

Mi accorsi che quella ragazza aveva la stessa abitudine dell'infermiere che ci trasportava da una parte all'altra dell'ospedale: ci chiamava sempre 'belli', lo diceva a tutti, e ci faceva sentire belli davvero. A volte le cose sono molto semplici, ma preferiamo complicarle.

Rimasi lì, senza sapere se dovevo aiutare, come avevo visto fare a Tronco, o restare solo a guardare. Il profumo della carne era davvero eccezionale, o magari era la mia fame che lo esaltava.

«Adorano fare queste sceneggiate, ti abituerai» disse, passandomi una ciotola e un pennello per bagnare la carne con la salsa. «Stai attento, bello: non mettere la mano proprio al centro, o la perdi in un baleno. Il vulcano ci rispetta sempre, ma solo se siamo cauti».

Parlavano tutti della natura come se realmente conoscesse i nostri segreti. Insaporii la carne come se l'avessi sempre fatto, ma in realtà era la prima volta.

«Io sono qui solo da due giorni. Si sta bene in questo posto. Ci sono un paio di regole da rispettare, ma per il resto puoi fare quello che vuoi».

«Regole?» Mi stupì che quel posto caotico avesse qualche regola.

«Sì, come la festa di oggi».

«Il mio benvenuto?»

Scoppiò a ridere e divulgò il mio commento tra gli altri.

«Crede che festeggiamo il suo arrivo!»

Risero tutti, compresa la ragazza furibonda. Non capii perché l'avesse spifferato e non fu piacevole, ma in effetti, forse, era davvero una bambina.

Mi guardò come chi ha un segreto da rivelare. Abbassò la voce quasi a un sussurro:

«Non festeggiamo il tuo arrivo, ma l'addio all'ultimo».

Con sorpresa mi si avvicinò e mi accorsi che mi fissava il cuore. Era strano.

«Ti batte forte» disse. «Crescendo così in fretta, li sento battere. Credo che sia il problema del mondo: siamo tanto silenziosi che alcuni pensano che neppure esistiamo. Il tuo batte bene, bello».

Non aggiunse altro. Il calore del vulcano aumentava e diminuiva come un respiro, o forse erano le sue pulsazioni.

Quando la carne fu pronta, ci sedemmo alla grande tavola apparecchiata.

Nessuno parlò: tutti mangiavamo con voracità. Era diversa dalla consueta carne alla brace, era come se fosse più gustosa, cotta intensamente.

Mangiavano tutti con le mani e io feci altrettanto. Paese che vai...

Quando finimmo di cenare, ci spostammo verso alcuni grossi buchi sulle pendici del vulcano da cui scaturivano piccoli geyser di gas e fuoco. Emanavano uno strano calore, che ti invadeva, e la loro altezza variava secondo il respiro del vulcano.

Ci sedemmo in cerchio intorno al buco più grande, che sembrava inattivo.

La ragazza furibonda aveva portato il centrotavola di petali e solo allora mi accorsi che la cosa importante era ciò che ci stava sotto.

Sotto i petali c'era della cenere. Ciascuno di loro ne prese una manciata. Io rimasi in silenzio a guardare.

Il respiro degli altri geyser raggiunse in quel momento la massima altezza.

«Chi vuole cominciare?» chiese la bambina che sembrava vecchia.

Bambino alzò il pugno chiuso e tutti tacquero. Cercò le parole con precisione.

«A me rimane... la tua allegria».

Tronco si fece avanti alzando entrambi i moncherini che erano incrociati per trattenere la cenere come meglio poteva.

«A me rimane... la tua verità. Adoravo la tua verità».

La bambina che sembrava vecchia fu la successiva. Rifletté a lungo. Cominciò più volte a parlare, ma poi cambiava idea.

«Bello, a me rimane il tuo coraggio, nell'ultimo momento».

La ragazza furibonda fu l'ultima nella spartizione della vita del ragazzo che io non avevo conosciuto. Sorrise per la prima volta e disse:

A me rimane il tuo amore,
la tua energia,
i tuoi sogni,
e il tuo modo di desiderarmi.

Quindi gettarono le ceneri giù nel buco. La bambina che sembrava vecchia aggiunse parecchi colori, prendendoli da alcune scatole. Versò molto rosso e molto giallo. Bambino aggiunse dell'arancione e Tronco qualche goccia di blu, pochissime.

Aspettammo e dopo neanche trenta secondi il geyser esplose. Le ceneri e parte della vita di quel ragazzo illuminarono il cielo come un grande castello di fuochi d'artificio. La scena era mozzafiato.

Le ceneri, le nubi di colore a poco a poco ridiscesero e si posarono sulle pendici del vulcano, fondendosi con la natura. La ragazza furibonda pianse a lungo.

Quando lo strano spettacolo si concluse, tutti mi guardarono e quasi all'unisono mi salutarono:

«Benvenuto».

Fu come se iniziassi a esistere da quel momento, come se la partenza dell'altro mi avesse infuso presenza.

6

È FELICE SOLO COLUI CHE È LIBERO. È LIBERO SOLO COLUI CHE È CIÒ CHE DEVE ESSERE

Non seppi cosa rispondere a quel loro benvenuto. Tutti tornarono a sedersi, questa volta vicino al mare, su scogli di altezze diverse. Ciascuno aveva il suo masso personale, e io mi scelsi il mio. Sembravamo parte del paesaggio.

Decisi di presentarmi.

«Grazie per l'accoglienza. Mi chiamo...»

Bambino mi interruppe.

«Abbiamo poche regole. Una di queste è che i nomi appartengono all'altra vita, quella che ci ha respinto.

«È per questo che, a meno che tu, in quanto leader del tuo gruppo, non decida diversamente, mi permetto di suggerirti di non dirci come ti chiami, fino a quando non avrai preso una decisione sull'argomento».

Non capii. Era come se non mi avessero ancora ammesso nel loro gruppo, come se fossi il leader di chissà chi altro. Non capivo di chi parlasse. Lì non c'era nessun altro.

La bambina che sembrava vecchia mi gettò un appiglio.

«Ogni gruppo è formato da dieci persone; io sono stata l'ultima della nostra generazione. Tu sei giunto in tempo per vederci scomparire. E quando l'ultimo di noi andrà via, arriveranno, a poco a poco, i tuoi nove. Sarai tu a indicare le nuove regole, il modo con cui vi direte addio, come comunicherete... È chiaro? Il nostro leader ha scelto per noi dei nomi di pittori. Ci ha dato un libro con tantissimi quadri e ciascuno ha scelto il pittore che più assomiglia a com'è. Io mi chiamo...»

Risi. Ma risi solo io. Era una cosa seria.

«E io non posso far parte della vostra generazione?» Non so perché lo chiesi. «Voglio dire, avete perso uno di voi... Quello che dici non ha molto senso».

La ragazza furibonda sbottò.

«Ne abbiamo persi già cinque. O non ascolti? E di sicuro perderemo presto anche il nostro leader, che sta ancora lottando.

«E poi non si parla di chi se n'è andato. Quelli che se ne vanno, non ci sono più.

«Non siamo stati noi a decidere. Se vuoi risposte, sali su quella montagna e lì vedrai quante generazioni sono passate. Ci sono le lapidi di coloro che preferirono non essere cremati.

«Questo posto esiste da anni, ma l'unica cosa che non cambia è che quelli che ci hanno lasciati se ne sono andati da liberi, e non serve che li tratteniamo parlando di loro!»

La ragazza furibonda se ne andò. Sugli altri scese il silenzio. Bambino lo ruppe.

«Oggi è dura per lei. Domani sarà diverso. È più diurna che notturna» affermò, contraddicendosi.

Li guardai. Nessuno mi aveva detto di quella storia, e neppure che avrei dovuto essere il leader di qualcosa.

Ero venuto per morire. Tutto qui.

«Non so se me la sento». Decisi di giocare a carte scoperte.

Tronco rise.

«Stai per morire, quindi tanto vale buttarsi. E poi, nessuna generazione qui va oltre i cinque o sei giorni. Si fa in fretta: non sarai leader per molto tempo. E se davvero cerchi delle risposte, supera le lapidi. Arriva al bordo del cratere. Ci troverai colui che ha creato tutto questo: ti aiuterà a decidere. Tutti, prima o dopo, abbiamo finito per salire lassù».

Guardai il vulcano, era abbastanza alto. Non sapevo se ce l'avrei fatta e neppure se ne avevo voglia.

«Credevo che il Grand Hotel fosse un'altra cosa. Mi ero fatto tutta un'altra idea».

Tutti risero. Non capii. La bambina che sembrava vecchia tornò in mio aiuto.

«Questo non è il Grand Hotel. Il Grand Hotel è quello...»

Indicò qualcosa in mezzo al mare. Tronco proseguì:

«Ci fermiamo qui prima di spostarci lì». Indicò anche lui nella stessa direzione. «Quell'isola che ora non si vede è il Grand Hotel. Ti portano lì quando ormai non c'è più nulla da fare».

Bambino concluse la spiegazione.

«Qui c'è ancora vita... Là finisce tutto».

Guardai nell'oscurità: non si vedeva assolutamente niente. Tutti sapevano che cosa avrei fatto. Bambino lo tradusse in parole.

«Immagino che vorrai vederlo con i tuoi occhi appena spunterà il sole. L'abbiamo fatto tutti. Ma è solo il Grand Hotel. Che riposi in pace. Io mi chiamo Kandinskij e lui Van Gogh» disse, indicando il cane dall'orecchio mozzo.

Tutti si alzarono e cominciarono ad andare via. Prima di allontanarsi, Tronco mi diede una pacca affettuosa con un moncherino.

«Io sono Picasso. È solo un'isola, non immaginarti chissà cosa».

La bambina che sembrava vecchia mi schioccò un bacio fraterno, con il quale mi ricordò la creatura che si portava dentro.

«Gauguin. 'È felice solo colui che è libero. Ma è libero solo chi è ciò che può essere, ovvero ciò che deve essere. Ma per vivere, bisogna perdere la ragione che ci fa vivere?' Ecco cosa ha detto lui, ed ecco come sono io. E quella che se ne è andata è Dalí. Complicata e surrealista, ma unica e geniale. Buonanotte, bello».

Così rimasi a fissare l'orizzonte nero, in attesa che arrivasse l'alba. Dovevo vedere il Grand Hotel.

7

I DUBBI IRRISOLTI SONO LE PAURE NON ACCETTATE

E lì aspettai, finché il sole illuminò l'isola che si trovava esattamente di fronte alla nostra. Era incredibile, perché era un'isoletta piccola: da dove mi trovavo ne distinguevo chiaramente tutto il profilo, come se fosse disegnata.

C'era un'unica costruzione circolare, proprio al centro. Il resto era completamente deserto, ma pieno di un'energia difficile da spiegare. Di sicuro era quello il Grand Hotel.

Mi accorsi di un respiro leggero dietro di me: era Tronco. Era arrivato senza fare rumore. Mi guardava con rispetto, come chi sa bene cosa significhi la visione che ha davanti. Mi era sembrato il meno empatico di tutti, ma a volte ciò che meno appare ha più sostanza del resto.

Guardai il vulcano che si stagliava alle mie spalle e mi risolsi ad arrampicarmi: mi servivano risposte. Volevo confrontarmi con chiunque avessi trovato lassù.

Partii e Tronco mi seguì. Non sapevo se era in grado di scalare, ma la sua bravura sui moncherini era impressionante.

Si teneva a distanza, probabilmente avvertiva la rabbia che avevo dentro. Dopo oltre un'ora di salita, arrivammo alle lapidi di cui mi avevano parlato.

Ce n'erano centinaia ed erano tutte in gruppi di dieci. Alcune sembravano lì da tantissimi anni. Era come guardare decenni o addirittura secoli di morte: generazioni di ragazzi e ragazze, che erano approdati sull'isola per abbandonare il mondo. Quelle tombe mi suscitarono un senso di meraviglia.

Era come scoprire dei legami tra sconosciuti in un breve istante della loro storia. Non riuscivo a capacitarmene.

Tronco osservava tutto come chi assiste a eventi già noti. Si sedette su una lapide. Era un'immagine strana, quasi surrealista. Mormorò qualcosa che gli avevo già sentito dire.

«Qui la vita è breve: tutto succede in cinque giorni. Una generazione nasce, un'altra si perde. Papà ti aspetta in cima, andiamo» aggiunse.

'Papà'? Non volli sapere perché l'avessero chiamato così. Preferivo chiederlo direttamente a lui. «C'è qualcuno che ha deciso di non restare qui? Qualcuno che ha deciso di tornare indietro?» gli domandai.

«Indietro dove?»

«Alla vita».

«Alla schiavitù?»

Non approfondii il discorso, non avevo voglia di sentire sproloqui filosofici sul tema.

«Da quanto tempo sei qui?» chiesi invece. Mi era rimasto il dubbio da quando l'avevo incontrato al Drago.

«Quattro giorni. Si pensava che, al massimo, me ne restasse uno. Ma mi sta andando di culo» rispose senza scomporsi.

Non dissi altro. Pensavo che fosse arrivato molto prima.

«Ma non fa niente» continuò. «Tre giorni fa avrei pianto e non mi sarebbero uscite le parole. Adesso sento di aver vissuto più in questi quattro giorni che in quattordici anni».

Mi sedetti all'ombra di una gigantesca lapide. Il sole iniziava a farsi sentire, o forse era la terra stessa di quel vulcano inattivo.

«I tuoi genitori?» indagai.

«Sono morti quando avevo cinque anni. I tuoi?»

Decisi di mentire.

«Dieci anni fa, in un incidente d'auto».

«Tutti noi che siamo qui abbiamo una frequentazione assidua con la morte».

Restammo in silenzio. Io lo facevo parlare solo per riprendere fiato. Notai che la lapide che mi faceva ombra aveva un nome di filosofo, come le otto che la circondavano. Probabilmente quella al centro era la tomba del leader: Platone.

«Come si chiamava il vostro leader? Deve essere il nome del pittore più famoso, no?»

«No... non è così... Si chiama Matisse. E poi il nostro leader è ancora vivo».

«Matisse? Perché?»

«Diceva che Matisse una volta dichiarò che devi essere sempre un bambino e un adulto. Un bambino per immaginare e un adulto per trovare la forza di realizzare quei sogni. Lui è così: un bambino e un adulto. Un grande leader».

«Come mai non è ancora morto se se n'è andato da tempo?»

«I leader resistono sempre fino all'ultimo».

Capii che quella frase la diceva per me. Ero pronto per continuare. Impiegammo quasi altre due ore per raggiungere la sommità del vulcano. In cima a tutto c'era un rifugio inglobato nella roccia. Era come se avessero approfittato della forma della montagna per ricrearvi una specie di piccola caverna. Era una fenditura straordinariamente bella. Si sentiva che chi l'aveva costruita era profondamente innamorato di quel luogo.

Mi avvicinai. Tronco non mi accompagnò.

«È il tuo momento» disse in un bisbiglio quasi impossibile da sentire. «Cerca di sorridere, così vieni bene».

Non capii ma preferii non chiedere.

Accanto alla grotta c'era un uomo che avrà avuto novant'anni. Portava un Borsalino; il mio primo compagno di stanza ne aveva uno uguale. Stava davanti a un blocco di lava indurita dalla forma enorme e irregolare. Mi guardò avvicinarmi per un paio di secondi e si mise a scolpire con lentezza la lava.

Sembrava che scolpisse il mio ritratto. Ecco a cosa si riferiva Tronco con quell'invito a sorridere.

«Hai un nome?» mi chiese.

Dissi di no con la testa.

«Sei arrabbiato?»

Annuii.

«Hanno perso molti compagni e la partenza del loro leader per il Grand Hotel è stata un brutto colpo». Tacque e smise perfino di scolpire. «Forse adesso dovrai fare da leader anche a loro».

«Io non voglio essere il leader di nessuno, voglio solo sapere quante possibilità ho. Lei è il nostro medico?»

Sorrise.

«No, non sono il vostro medico. Qui non ce ne sono. Un medico è quello che ti cura, ti guarisce, ti dà più tempo. Qui troverai solo un conforto, un finale placido».

«Non sono sicuro di voler restare».

«Preferisci morire in un ospedale? Qui hai la libertà».

Ci fu un nuovo silenzio, infranto solo dal suono della creazione della scultura quasi giacomettiana che stava nascendo.

«Perché ha messo in piedi tutto questo?»

«Secondo te perché? Hai l'aria intelligente».

«Le è morto qualcuno?»

Annuì.

«Sì, mi è morto qualcuno. Chi credi che fosse?»

«Un figlio?»

Annuì di nuovo.

«Lo vedi? Sei intelligente, ti adatterai in fretta quando mollerai gli ormeggi».

«Quali ormeggi?»

«Il pensiero che potresti salvarti, che c'è una cura, che ce la puoi fare».

«Ma magari posso!»

«È giusto che lo pensi, ma non ti porterà la luce».

«Gli altri mi odiano» mi sfogai.

«Hanno perso la luce e tu gli ricordi le loro tenebre».

«Perché mescola due generazioni? Non ha senso».

«Sei sicuro che non ce l'abbia?»

«Sicurissimo» dichiarai deciso.

Guardai la statua. Aveva una certa somiglianza con me. Era come uno schema del mio corpo. Sembrava che cercasse di ricrearmi dall'interno, ma non ne ero certo.

«Ci scatta delle foto?»

«No. Cerco di catturare i vostri dubbi. Solo oggi posso vederli...»

«Le nostre paure, vorrà dire».

«No, per ora sono dubbi; se non si controllano, si trasformano in paura. I dubbi irrisolti sono le paure non accettate. Hai dei dubbi?»

Riflettei: ne avevo tanti... partii con il più ovvio.

«E cosa si fa qui prima di andare al Grand Hotel?»

«Tutto quello che vuoi, tu soprattutto prepararti per essere leader dei nove che arriveranno».

«Perché c'è bisogno di un leader? Tutti hanno una voce».

«Non fare confusione. Loro sono una sinfonia, ma tu sarai il tono che stabilirà come suoneranno».

«E perché io?»

Fece una pausa prima di rispondere, e quando parlò non capii.

«Cerca meno e lasciati incontrare di più».

Terminò la statua. Era bella, leggera, era una parte della mia anima.

La prese e la issò fino alla bocca del vulcano. Lì, intorno all'entrata, c'erano quasi un centinaio di statue che contenevano dubbi e timori. Tutte bloccate in movimenti strani, in azione o semplicemente in preda al dubbio, o magari mentre generavano paure.

Mi collocò all'estrema sinistra e si fermò a dare qualche altro colpetto, come per sistemare le imperfezioni dell'ultimo minuto.

Quelle sculture sembravano abitanti muti che impedivano al vulcano di risvegliarsi.

Alzò lo sguardo al cielo, come se cercasse di ascoltare qualcosa.

«Pitagora parlava dell'esistenza di una musica cosmica generata dalla rotazione dei pianeti. Ma dalla Terra è impossibile sentirla perché siamo nati e cresciuti in simbiosi con quest'armonia.

«Al suono serve il silenzio per essere ascoltato. Ma

ogni tono della nostra scala musicale nasce ugualmente dal movimento delle sfere che ci circondano.

«A volte, quando tutto in questo vulcano è tranquillo, mi sembra di sentire un accordo prodotto dalla rotazione di un paio di pianeti che si muovono all'unisono».

Non mi disse altro e continuò a scolpire. Decisi di andarmene; se ne avessi sentito il bisogno sarei potuto tornare, ma avevo la sensazione che non avrei ottenuto molto di più da quell'uomo.

Prima che mi allontanassi, Papà mi tese il Borsalino; credo che sapesse che lo desideravo. Lo presi.

«Poi me lo restituirai» sussurrò senza smettere di scolpire.

Me ne andai con il cappello, anche se non arrivai a calcarmelo in testa. Tronco mi guardò mentre scendevo, probabilmente aveva sentito tutto.

«Sei venuto bene?»

Non gli risposi. Scesi dalla montagna il più in fretta possibile. Volevo liberarmi di Tronco, ma lui mi seguiva a tutta velocità. Credo che ci mettemmo la metà del tempo che ci era voluto per salire.

Quando arrivammo alla baia, c'erano Bambino e Cane ad aspettarci. Avevano un'espressione preoccupata.

«Abbiamo perso le ragazze. Le hanno portate via un'ora fa».

Tronco non disse niente, si spostò verso l'acqua e si tuffò. Bambino mi guardò.

«Ora puoi dormire al terzo piano del faro».

La loro partenza era la mia ascesa. Rinunciai a rispondere. Ero stanco e sfinito.

Andai al faro, salii quella scala a chiocciola fino al terzo piano e mi buttai su una branda che di sicuro era appartenuta a una delle due ragazze.

Vidi la scacchiera e capii di essere nella stanza della ragazza furibonda. La partita era praticamente compromessa per il bianco: uno scacco difficile da evitare che si trasformava in matto.

Chissà se era lei che doveva uscire da quell'impasse o il suo ragazzo. Era strano guardare una partita incompleta che non sarebbe mai stata terminata.

Decisi di riposare. Dormire in pieno giorno si stava convertendo in una strana abitudine.

E sentii che i dubbi si erano convertiti in paure.

8

IL MONDO È IL CORTILE PIÙ GRANDE CHE CI SIA

Quando mi svegliai era di nuovo buio. Impiegai un po' a raccapezzarmi su dov'ero; succede quando si dorme in letti diversi per troppe notti di seguito. Impiegai un po' a scendere dal letto. Quella stanza non mi apparteneva, avevo la sensazione di invadere la privacy della ragazza furibonda.

Non curiosai in giro, non lo facevo mai, nonostante avessi convissuto con decine di persone in ospedale. Mi pentii di essere salito al terzo piano, di essermi adeguato alle loro regole.

Non c'era nessuno nel faro, e neppure fuori.

Pensai che fossero alla baia, a cenare. Sperai che non ci fossero centrotavola di petali, quella sera: sarebbe stato un buon segno.

Ci misi molto ad arrivare: me la presi con calma e mi godetti la passeggiata e il panorama. Mi sentivo leggermente diverso, forse per il vento che non cessava mai. Ci sono venti che modellano la personalità.

Quando arrivai vidi da lontano due composizioni sul tavolo. Stavo vivendo gli ultimi colpi di coda di una generazione.

Quella sera c'era meno cibo; ormai conoscevo il rituale. Arrostimmo la carne con l'aiuto del vulcano e mangiammo con le mani.

Loro parlarono delle due ragazze in un modo molto intenso; di ciò che aveva significato la loro vita, la loro lotta, il loro coraggio. Io non dissi nulla, non mi andava di partecipare.

Dopo aver guardato lo spettacolo delle loro ceneri e dei colori che illuminavano il cielo, ci sedemmo sulla spiaggia. Loro discussero della morte e di come affrontarla.

Iniziai a sentire delle fitte al polmone. Non sapevo se fosse la mia malattia che reclamava attenzione o una specie di nostalgia per le conversazioni banali a cui ero abituato. Lì era tutto troppo intenso e gonfio di significato.

Era strano avere la sindrome d'astinenza per l'assurdità del vuoto.

Decisi di dire qualcosa.

«Io non voglio morire». Fui sincero.

«Nessuno di noi lo vuole» rispose Tronco.

Bambino mi si avvicinò e mi abbracciò. Avvertii il suo contatto fisico e sentii di averne bisogno: non avevo più ricevuto abbracci da quando mi avevano dato la notizia. La sua carezza era calda. Anche lui era emozionato, e ci mise qualche minuto prima di parlare. Cane si allontanò, come se sapesse che cosa avrebbe detto.

«Stanotte morirò io» annunciò. «Lo sento dentro di me. E non ho paura. Perché in dieci anni ho vissuto cose molto intense. I sei giorni che ho passato qui sono stati come una vita intera.

«Forse non sarò mai l'adulto che sarei potuto diventare, ma credo che i grandi non trattengano mai i bambini che sono stati. Forse uno su un milione lo conserva, ma gli altri novecentonovantanovemilanovecentonovantanove lo seppelliscono insieme alle proprie paure. Invece dovrebbero ricordarsi che non conoscono né se stessi né le proprie paure, perciò sarebbe meglio che smettessero di comportarsi come se sapessero tutto.

«Sai come si sopravvive qui?» aggiunse.

«No». Sapevo che dovevo rispondere così.

Tronco non disse nulla.

«Devi trovare qualcosa che hai sempre voluto fare e realizzarlo. Hai due, tre o quattro giorni per portarlo a termine. E poi sentirai quanto ne avevi bisogno e come dà senso alla tua vita».

Sapevo che cosa dovevo domandare.

«Voi che cosa avete trovato?»

Tronco non rispose ma cominciò a camminare. Lo seguimmo fino al Drago.

Ci salì sopra e fu allora che scoprii che non serviva solo a dondolarsi. Aveva costruito una piccola batteria tutta di pezzi naturali.

E si mise a suonarla: suonava straordinariamente bene. Capii quasi subito che stava interpretando *Il mondo* di Jimmy Fontana.

Gira, il mondo gira
nello spazio senza fine...

I suoi moncherini si agitavano veloci su quel Drago gigantesco e colpivano punti precisi creando una colonna sonora feroce e primordiale.

Era la cosa più incredibile che avessi mai visto nella vita.

Applaudimmo da spellarci le mani. Guardai Bambino: ero curioso di sapere che cosa avesse trovato lui.

Bambino era più reticente.

«Se vuoi ti spiego che cosa hanno scelto le ragazze. Una ascoltava il battito dei cuori; strano, vero? Era affascinata dalle pulsazioni».

«Sì, me l'ha detto» risposi. «E tu?»

«La ragazza furibonda condivideva con il fidanzato la passione per gli scacchi. Dicevano sempre che l'amore è come una partita. C'è gente che ama con movimenti rapidi come gli alfieri o le torri. Altri in un modo più contorto, come i cavalli. E infine ci sono quelli come i pedoni, che non sanno amare, sanno solo fare un passettino alla volta, e però a volte riescono ad arrivare alla fine della scacchiera e scoprire che possono amare in modo diverso».

«Come è successo a loro, quando sono arrivati qui» aggiunse Tronco dal Drago.

Ci fu un altro momento di silenzio. Parlare di chi non c'era più creava un'atmosfera unica.

Decisi di insistere. Volevo davvero sapere che cosa avesse realizzato Bambino.

«E tu?»

Bambino ci mise molto a rispondere.

«Invento giochi» disse, e subito arrossì.

«No, no, spiegaglielo bene» esclamò Tronco ridendo.

«Ho sempre pensato che il mondo è fatto solo per giocare» cominciò Bambino. «Il mondo è il cortile più grande che ci sia. Se pensi che è una scuola, allora ti hanno sconfitto. Bisogna solo giocare, per questo invento giochi di morte».

Scoppiarono di nuovo a ridere. Non capivo di cosa parlassero ma era la prima volta che li vedevo così complici.

Bambino si mise a cercare le parole per esprimersi meglio.

«Dobbiamo morire, altrimenti non saremmo qui. Ma invece di farlo quando vogliono loro, perché non sfidare la morte in un gioco?»

Continuavo a non capire e lui se ne accorse.

«È difficile da spiegare. Per capirlo, dovresti giocare».

«Dai, giochiamo. A cosa?» chiese Tronco pieno di entusiasmo.

Si guardarono negli occhi. Bambino salì sul Drago e iniziarono a sussurrarsi cose tra loro. Sembravano euforici.

Mentre confabulavano, cominciai a riflettere su quale poteva essere il mio hobby, a cosa potevo dedicare quegli ultimi giorni. Qualcosa che mi desse soddisfazione, che mi facesse sentire felice. La verità è che non me l'ero mai chiesto e mi era difficile trovare una risposta.

Come già vi ho raccontato, mi piaceva scarabocchiare, fissare in uno schizzo le cose che mi succedevano. Ogni giorno disegnavo qualcosa ma non era una vera passione, solo un modo di tenere un diario.

«Deciso!» dissero in coro.

Non parlavano del mio hobby, ma del loro gioco.

Passammo dal faro a prendere una corda lunghissima e poi li seguii fino a nord della baia, su un promontorio alto e allungato che terminava con una scogliera a picco sul mare; le onde sbattevano con violenza contro gli scogli giù in basso, o forse manifestavano la loro devozione per quel luogo con ripetute e insistenti riverenze.

Mi assalì il ricordo di mio padre, quel posto assomigliava alla sua scogliera per la forma, ma era diverso per odori e consistenza. Ebbi paura.

Eravamo lì, pronti per giocare a qualcosa. Bambino ci sistemò tutti e tre sul bordo della scogliera. Sotto di noi c'era un salto di trenta metri.

Consegnò a tutti un capo della corda; era legata in modo strano: c'erano tanti capi e un grosso nodo al centro.

Né Bambino né Tronco mi spiegarono niente, ma intuii che si trattava di esercitare la forza giusta per non farsi tirare di sotto, né far cadere giù gli altri.

«Ci abbiamo giocato quando eravamo dieci» disse Tronco. «E nessuno è caduto, credo...»

Risero entrambi.

«Si tratta di...?» Aspettavo le istruzioni.

«Si tratta di giocare e di sopravvivere, come in tutti i giochi» fece Bambino. «Dai, giochiamo!»

Non avevo ancora capito a cosa si riferisse con 'giochiamo' quando Bambino diede uno strattone alla corda. La tattica che avevo immaginato, che nessuno tirasse troppo forte, si dimostrò immediatamente sbagliata.

Tronco non aveva un grande appoggio, ma riusciva a imprimere una forza tremenda stringendo la corda tra i moncherini. Bambino sfruttava più la rabbia che la forza. E io, incredibilmente, avevo entrambe le qualità.

Non ricordavo più quand'era stata l'ultima volta che avevo giocato a qualcosa, e soprattutto quand'era stato che mi fossi divertito tanto. A poco a poco, riconobbi le loro strategie e finimmo per ridere come matti. Mi sentivo così pieno di energia...

Me la vidi brutta un paio di volte e fui sul punto di cadere di sotto, e non so chi mi salvò. Non lo chiesi. Mi sentivo di nuovo vivo: giocare era come rinascere.

Tronco e Bambino sapevano giocare benissimo, sfruttando al meglio i loro handicap.

Il gioco finì quando ci ritrovammo tutti e tre a terra esausti. Rimanemmo a contemplare il cielo stellato. La luce del faro ci colpiva di tanto in tanto, cercando di catturare la nostra attenzione.

Il profilo del Grand Hotel si indovinava davanti a noi.

«Come fanno a sapere quelli del Grand Hotel che ci sentiamo male?» chiesi.

«Ci guardano sempre» rispose Tronco.

Bambino mi fece la cortesia di qualche dettaglio in più.

«Se è di notte che ci accorgiamo che qualcuno sta male, cambiamo il colore del faro. Loro lo vedono e vengono a prendere quello che non si sente bene».

Tronco continuò.

«Se invece succede di giorno, facciamo suonare la sirena del faro. È come un *bum bum* fastidioso e bruttissimo che ti riempie il cervello».

Dopodiché, praticamente senza salutare, Tronco se ne andò. Mi accorsi che non era stata una buona idea tirare fuori quell'argomento. La nostra felicità di poco prima ora sembrava diluita.

Bambino rimase accanto a me sulla scogliera. Si alzò e andò a sedersi sul bordo. Benché non fumasse, quel suo tentativo di mantenere l'equilibrio mi ricordò mio padre.

«Picasso aveva un legame forte con Gauguin. Anche se non le ha mai detto niente. Si riesce a sopportare la propria morte, ma se hai creato un legame con qualcuno, tutto diventa molto più complicato.

«Forse si era innamorato di lei. Non so, io non credo molto nell'amore, mi sembra che la gente non si innamori: in realtà è solo incantata dal proprio desiderio e dal riflesso di quel sentimento nell'altra persona.

«Possedere è un errore». Sembrava così saggio, alla sua tenera età. «Non devi amare qualcuno per te, devi condividerlo con la natura e con il mondo. Devi sapere che tu non ti appartieni. Se desideri qualcosa solo per te, prima o poi lo perderai.

«Io condivido i miei giochi: è tutto quello che ho, oltre a Van Gogh. E spero che anche lui venga condiviso, quando me ne andrò».

Tacque. Continuava a stare in equilibrio sull'orlo dell'abisso, e guardarlo mi incantava.

«È stata una giornata lunga, vado a farmi un bagno. Mi accompagni? Secondo me ti farà bene».

Annuii.

Bambino si tolse tutti i vestiti, guardò nel vuoto e si buttò di testa. Temetti il peggio. Mi alzai di scatto e andai a vedere cos'era successo. Stava benissimo. Rideva laggiù nell'acqua, conosceva quei fondali e sapeva dove ci si poteva tuffare senza che le onde ti sbattessero sugli scogli.

Fui incerto se tuffarmi anch'io ma ci pensai molto meno del solito. E poi mi buttai, anch'io senza vestiti e di testa, esattamente nello stesso punto dove si era lanciato lui, senza quasi avere paura. Se lui non ce l'aveva, allora non avevo paura nemmeno io.

Nuotammo, giocammo ad affogarci, corremmo lungo la spiaggia, ci sentimmo liberi e ridemmo molto.

Poi lui se ne andò e io rimasi da solo. Non so perché,

ma mi sentivo bene, forte. Con una strana energia difficile da spiegare.

All'improvviso mi resi conto che l'uomo della montagna non era un medico o un sapiente. Non aveva perso suo figlio, ma se stesso bambino. Era uno che era riuscito a sopravvivere sull'isola, uno come noi che però era guarito. Forse l'unico.

Mi accorsi che, dopo due notti lì, quel luogo mi aveva calmato. Mi sentivo libero. Il mio cervello non si preoccupava di niente. Era come se avesse smesso di esercitare tutte le sue resistenze e cominciasse ad affiorare il mio autentico io.

Ragionai: eravamo così abituati a lambiccarci il cervello per delle sciocchezze che alla fine ci trasformavamo in risolutori esperti di assurdità. Ma quando la mente non doveva fare più niente, assolutamente più niente, appariva la tua essenza, il tuo io più vero.

Guardavo il mondo con superiorità. Quelli avevano la vita, ma erano come ciechi che si muovono a tentoni, mentre io mi sentivo in pace.

Quarantott'ore dopo aver ricevuto una sentenza di morte, ero – perché non ammetterlo – felice.

Che cosa mi sarebbe piaciuto fare per il tempo che mi restava da vivere? Bambino diceva che l'importante era trovare ciò che hai sempre desiderato fare, ma che la paura ti ha impedito di mettere in pratica...

Sentivo che, fin da piccolo, il mondo mi aveva proibito tante cose...

Forse mi sarebbe piaciuto scrivere, mio padre adottivo lo faceva. All'ospedale una volta mi inventai dei racconti brevi e li intitolai *Finali che meritano una storia*. Ci aggiunsi dei disegni di scene di vita vissuta alla fine di ogni capitolo. Mi divertiva pensare a un finale e, in un secondo tempo, trovare la storia che lo precedesse.

Mi resi conto che io stesso stavo vivendo in prima persona uno di quei finali che meritano una storia.

La mia morte avrebbe chiuso in bellezza una vita che aveva bisogno di riempire le sue ultime pagine. E malgrado la mia fosse stata un'esistenza piena di lutti e di dolore, la fine stava cambiando tutto.

Nei tre o quattro capitoli conclusivi di un libro c'è sempre la parte più emozionante, quella che si fa ricordare.

Ma scrivere non era quello che cercavo: lo avevo già fatto e in realtà non mi aveva soddisfatto.

Cantare. Cantare era qualcosa che mi mancava. Ma non cantare qualsiasi cosa: mi interessavano le arie d'opera.

Le arie mi affascinavano. Avevo sempre pensato di volerle solo ascoltare, ma forse in realtà ciò che desideravo era cantarle.

Da piccolo avevo conosciuto un malato che cantava l'opera. Tutte le sere all'ospedale faceva i suoi esercizi, preparava la voce: era poetico. Si sentiva per tutto l'ospedale ed ebbi sempre la certezza che quella musica aveva aiutato a guarire più di un paziente.

A volte cantava a pieni polmoni *Duetto buffo di due gatti* di Rossini perché lo si sentisse nell'ala dei bambini. Lui faceva le due voci e i nostri puerili 'miao' completavano la melodia.

Mi piaceva tantissimo così pensai di potermi dedicare a questo, ma poi lo scartai per colpa del mio orecchio sinistro: ero sordo.

Eppure era esattamente quello che aveva detto Bambino: realizzare qualcosa di impossibile. Si trattava proprio di questo: fare cose impossibili.

Ero felice... E all'improvviso successe: il faro cambiò colore e virò al rosso. Non ci potevo credere.

Fui invaso dal terrore. Bambino o Tronco? Ero impaurito, addolorato e pieno di rabbia.

Iniziai a correre verso il faro mentre la luce rossa mi inondava il viso.

9

SIAMO LEGGI DI NATURA, DOBBIAMO AVVERARCI

Quando raggiunsi il faro, vidi Bambino che tentava di rianimare Tronco. Non era nervoso e non aveva neppure perso il controllo. Gli praticava la respirazione bocca a bocca e intanto gli parlava a voce bassa.

Tronco aveva gli occhi chiusi. Sorrideva, come tanta gente che ho conosciuto e che è morta in pace.

«Ora viene Mamma, non ti preoccupare» diceva Bambino.

Prima Papà e ora Mamma. Avevano dato loro i nomi delle figure che non avevano mai avuto.

Alla parola 'Mamma', Tronco riaprì gli occhi.

«Sapevo che un giorno Mamma sarebbe venuta a prendermi» bisbigliò con voce flebile.

Sembrò che parlassero di qualcosa che attendevano da tempo. Lo capivo: anch'io desideravo che mia madre ritornasse. Perdere la mamma è uno di quegli errori che la natura dovrebbe proibire.

Da lontano, mi arrivò il rumore di un elicottero. Bambino gli strinse forte il moncherino con la mano.

«Tutto quello che mi hai insegnato in questi giorni rimarrà per le ore o i giorni che mi restano» sussurrò.

«Voglio che tu sappia che tutta la tua vita, la tua energia, il tuo modo di affrontare il mondo, è una legge di natura.

«Tu sei una legge di natura. E per questo il tuo modo di essere deve avverarsi, senza che venga mai messo in dubbio».

Intuii che mi mancava qualche passaggio delle loro conversazioni precedenti. Ma l'emozione era massima. Bambino proseguì:

«Gli altri forse hanno braccia e gambe, ma non hanno la tua anima. E mai te la potranno portare via. Mi hai raccontato quanto hai sofferto per colpa loro e della loro incomprensione: avrebbero dovuto inginocchiarsi davanti a una legge della natura».

Tronco aprì gli occhi per l'ultima volta. Sorrise in un modo che aveva un'unica interpretazione: era palesemente una legge della natura. Poi, a poco a poco, riabbassò le palpebre.

Mamma, una donna dell'età di Papà, arrivò con due assistenti e un'infermiera. In un attimo, il nostro microcosmo si riempì di pulsazioni estranee.

La loro fretta, i loro problemi e i loro odori ci inondarono.

Presero il polso a Tronco e si sentì un sommesso: «È ancora vivo».

Bambino era come impazzito: non voleva che lo portassero via. Guardò Mamma tre volte, ma era preoccupato solo per Tronco.

Tronco non si sforzò di parlarmi, eppure mi arrivarono il suo calore e il suo affetto prima che lo caricassero sull'elicottero.

Partirono velocemente e un mulinello di sabbia ci colpì in viso. Bambino cominciò a urlare all'elicottero. Era impossibile che Tronco lo sentisse.

«Sei una legge di natura! Non morirai mai! Resterai sempre in questo mondo!»

Ogni urlo era seguito dai singhiozzi. L'elicottero volò verso l'altra isola e il nostro mondo diventò più buio. Quel corpicino ci faceva luce.

Bambino si asciugò le lacrime e, senza dire nulla, si diresse verso la stanza di Tronco. Ora sarebbe stata la mia. Ero salito di un altro gradino. Non volevo affatto arrivare in cima. Lo seguii. Si accoccolò per terra.

Tempo qualche minuto, dormiva già. Mi sdraiai accanto a lui, mi sentivo responsabile.

Bambino mormorò qualcosa che non capii. Poi lo ripeté e questa volta sentii che cosa diceva:

«Io non morirò oggi, non ti preoccupare».

Mi rilassai. Quel Bambino era un saggio. Se lo diceva, era vero di sicuro. Pensai che non sarei riuscito ad addormentarmi dopo due giorni con orari tanto bislacchi, invece il sonno arrivò quasi subito.

Quando mi svegliai, Bambino mi guardava. Davanti a me c'era una colazione, preparata senza troppa cura, ma di certo con le migliori intenzioni.

Fu esplicito:

«È morto un'ora fa. Questa sera celebreremo il suo

addio. La tua generazione sta per arrivare, devi cominciare a prepararti».

«Non posso» risposi.

«Cosa?»

«Fare da guida a qualcuno».

«Non farai da guida a nessuno. Tu indichi solo una strada, poi la gente fa quello che si sente.

«Il nostro leader diceva sempre che se pensi male probabilmente indovini. Ma se pensi bene ti diverti molto di più».

Sembrava una frase di Papà. Non mi convinse.

«Non voglio restare qui. Sono sicuro».

«Preferisci tornare all'ospedale o morire al Grand Hotel? Cambierà qualcosa se riparti?»

«Voglio solo andarmene da quest'isola, non ce la faccio più» confessai senza ritegno.

«È per stanotte?»

«È per tutto. Se non ti va di riportarmi all'aeroporto, ti capisco».

Mi guardò fisso e per qualche minuto non disse niente.

«Concedimi un giorno, un giorno della tua breve vita» disse. «Qui un giorno nasci, un altro vivi, e alla fine muori. Oggi devi vivere. Consentimi di aiutarti a farlo».

Lo guardai: con i suoi dieci anni sembrava così sicuro che pensai che potevo permettermi di dedicargli un giorno. Perché no?

«D'accordo. Però non cambierò idea».

«Certo, come vuoi». Non c'era ironia nelle sue parole. «Hai pensato a cosa vorresti fare?»

Non so perché me lo chiedeva adesso. Sull'isola tutto accadeva a grande velocità. Fui indeciso se dirglielo. Mi vergognavo un poco a rivelarlo, a dichiararlo ad alta voce.

«Anche per me è stato difficile dire che volevo inventare giochi».

Lo guardai e pensai che la vergogna potevo superarla. Solo che si trattava di un sogno impossibile da realizzare.

«Cantare. Mi piacerebbe cantare».

«Cantare cosa?»

«L'opera».

Non rise, e neppure menzionò il mio apparecchio acustico.

«So chi può aiutarti» annunciò. «Andiamo!»

Ero affascinato dalla sua determinazione. Ebbi la sensazione che qualunque cosa avessi detto, a lui sarebbe venuto in mente qualcuno perfetto per aiutarmi.

Scendemmo dalla scala a chiocciola e sentii che non sarei tornato lì dentro mai più.

Lavò i dromedari prima di partire: mi sembrò che ballassero sotto la carezza dell'acqua. Quell'immagine colmò di felicità quella stranissima alba.

Diede due baci d'addio ai dromedari e prendemmo la decappottabile gialla, diretti verso una meta sconosciuta.

A un tratto Cane comparve dietro una duna, come se avesse previsto gli avvenimenti della notte e avesse preferito evitare di viverli. Salì con un balzo sulla macchina in movimento. Per la prima volta lo accarezzai.

Sentivo che quel viaggio mi avrebbe cambiato la vita. Ne ero convinto.

10

ESSERE SCHIAVO DI UN PIACERE, QUANDO IL PIACERE MASSIMO È NON ESSERE SCHIAVO DI NULLA

Guidammo per un tratto in silenzio. Però avvertivo il bisogno di fargli una domanda.

«Quando porteranno Tronco?»

Rise, probabilmente perché lui non lo chiamava così, tuttavia non mi corresse.

«Lo cremano e lo lasciano attaccato ai dromedari, che gli fanno fare un'ultima passeggiata dove preferisce, e poi lo custodiscono finché noi non lo raccogliamo».

Decisi di chiedergli ancora una cosa, anche se prevedevo che non mi avrebbe risposto.

«Tu che cos'hai?»

«Che importa?» ribatté. «Per caso quando stai bene ti preoccupi per quello che non hai?»

Sospettavo che quella domanda avrebbe aperto la porta dello spazio privato e che lui ne avrebbe approfittato.

«Di che cosa sono morti i tuoi genitori?» mi chiese.

Mi costò un grosso sforzo rispondergli. Avevo mentito a Tronco quando me lo aveva chiesto. Ora sentivo che a Bambino dovevo dire la verità.

«Non lo so. Sono stato adottato quando avevo un anno».

«Allora hai dei genitori adottivi».

«No. Mi ha adottato un uomo, uno scrittore, ma adesso è morto».

«Sei un orfano?»

«Ho vissuto con lui fino a undici anni, poi sono passato di casa in casa, finché non mi sono ammalato».

«Di famiglia in famiglia?»

«No, proprio di casa in casa» precisai.

Era impegnativo rispondere a tutte quelle domande, ma sentivo che lo dovevo al ricordo di Tronco. All'improvviso, Bambino rise.

«Che vita di merda hai avuto!» esclamò.

Lo guardai, e non potei far altro che ridere anch'io. Poi, a un tratto, mi fece una domanda che non mi aspettavo.

«Lo scrittore ha abusato di te?»

Scossi la testa. Ma quell'insinuazione era così grave che richiedeva molte più parole per fugarla.

«No, mai. Era una buona persona. Io ero il sesto bambino che adottava. Credo che desiderasse darci delle possibilità».

«Dunque hai dei fratellastri».

«No, non ci consideravamo così». Decisi che dovevo spostare il centro della conversazione. «E tu? Come sono morti i tuoi?»

Sorrise, credo che si aspettasse la domanda.

«La mia storia è molto più tradizionale. I miei genitori sono morti in un incidente stradale... come i tuoi, no?»

Non dissi nulla; immaginai che lui e Tronco probabilmente si raccontassero tutto.

Non risposi all'accusa.

«Sarà stato un colpo per te» dissi.

«Sì e no. I miei sapevano che ero malato grave. E li tormentava il pensiero che io potessi morire prima di loro». Fece una pausa, lo assalì l'emozione. «Ho sempre odiato quella frase che dicono che non esiste un termine diverso per i genitori che hanno perso un figlio. Continuano a essere 'madre' e 'padre'. Ma in effetti è così, perché lo status di genitore non si perde mai».

Si avvertiva che era emozionato: tutto il suo piccolo corpo lo dimostrava.

«E allora tu e io non siamo orfani, siamo figli».

«Certo».

Credo che sia stato contento che l'avessi capito al volo. Schiacciò l'acceleratore e rifletté a lungo prima di continuare.

«Da una parte, è stato meglio che non mi siano sopravvissuti. In fin dei conti, tutti dobbiamo morire; la cosa triste non è morire, ma non saper vivere intensamente. Credo sia stato Mark Twain a dire che moriamo a ventisette anni e ci seppelliscono a settantadue...»

Rimuginai su quelle parole ma fui costretto a replicare.

«Però, se potessimo guarire...»

Rise, piegò la testa di lato. Non era molto d'accordo.

«No, quella è la scusa preferita dalla maggior parte della gente per non pensare alla morte. Quella frase è la sintesi di un modo di comportarsi che non ci siamo neppure scelti: ce lo hanno imposto di pensare così.

«Non esistono le norme: nessuna tranne quelle che uno si sceglie da solo».

Mi sembrava di sentire parlare il mio primo compagno di stanza... Mi piacque risentire le sue stesse teorie in bocca a un'altra persona.

«Sai cosa direbbe la società di noi?» continuò.

Mi guardò, aveva sempre bisogno di un assenso per essere sicuro che gli altri lo ascoltassero.

«Che cosa?» chiesi.

«Che dovremmo morire in ospedale, senza fare nulla né dare fastidio, sedati dai farmaci. Direbbero anche che questi ultimi giorni qui non hanno senso. Che dovremmo starcene tranquilli e, soprattutto, non imparare nulla di nuovo perché tanto stiamo per morire...»

Non risposi.

«Secondo te hanno ragione loro? No, si sbagliano di grosso. In ospedale ti danno solo cure palliative, e nessuno ti parla mai della morte. Sai cosa penso? Che nei teatri non dovrebbero mettere in scena commedie, ma uno spettacolo sulla morte di qualcuno in diretta. È lì che si trova la verità».

«Non riempirebbe certo le sale».

Ridemmo insieme. Lui continuò: «Qui viviamo fino all'esaurimento, ma è un regalo. Qui ti ricostruisci, crei un mondo, e la parte migliore è che nessuno ti disturba. Chi vuoi che voglia vivere accanto a dei malati terminali? Mentre non sanno che sono loro ad avere i problemi maggiori».

Aveva ragione su tutti i fronti, ma volli mettere alla prova le sue certezze.

«E non ti manca tutto quello che non avrai, se muori?»

Avevo deciso di essere esplicito. Anche lui fece altrettanto con la sua risposta.

«Che cosa non avrò?»

La palla era tornata a me. Credo che sapesse a che cosa mi riferivo, ma che volesse farmelo dire comunque.

«Sesso?»

«Ma è ovvio che ho fatto sesso!» mi rispose.

Il suo sorriso mi fece dubitare. Ma forse era vero che lo aveva fatto, perciò cambiai risposta e la resi più ampia, per non ferirlo.

«Innamorarti, avere dei figli, vivere insieme a qualcuno...»

«Tu adesso hai queste cose? O ce le hai avute? Ce le avrai? Ne senti la mancanza?»

Non risposi.

«E non ti manca fare un viaggio in Africa? Suonare il sassofono? Perdere la fidanzata? Buttarti nel vuoto? Gustarti un piatto esotico dal nome che non sapresti neppure pronunciare in un luogo che non hai mai conosciuto né conoscerai? Tutto questo non ti manca?

«Non è tutto sesso e amore.

«Il sesso è solo un giochino molto divertente, uno dei più semplici» continuò. «È un su-e-giù che però è stato circondato da così tante regole che ormai è quasi impossibile partecipare. È stato vincolato ad altri giochi, che non avrebbero niente a che vedere con quello, e così è diventato complicatissimo. Hanno fatto in modo che i giochi non sessuali siano i prescelti per la propria realizzazione da moltissime persone.

«Il sesso che pratichi con un'altra persona in realtà lo desideri per te. In più, il sesso e l'amore sono ereditari: ognuno è frutto del sesso e dell'amore con cui è stato procreato, lui e tutti i suoi antenati.

«Ma il sesso e l'amore sono soltanto un'esca. Non puoi certo costruirci una vita sopra. Gli abbiamo attribuito un'importanza epica, ed è questo ad averli convertiti in falsità.

«Quanta gente è schiava di un piacere? Eppure il piacere massimo è non essere schiavo di nulla».

Quelle frasi erano straordinariamente belle, e ancora di più per il fatto che uscivano dalla bocca di un bimbo di dieci anni.

Accese la radio e partì *Always on my Mind*, di Elvis Presley.

You were always on my mind,
You were always on my mind.

Il testo di questa canzone mi incantava, parlava di dolore, della perdita di una persona che ancora ami.

Era come se la radio avesse sentito la nostra conversazione. Ogni volta che la ascoltavo, provavo una specie di nostalgia per non essermi mai innamorato di una ragazza alla follia per dedicarle quella canzone.

Elvis la cantava da Dio, anche se mi era sempre sembrato che si scusasse con la fidanzata con una certa superiorità. Non gli mancava poi così tanto, o almeno questa era la sensazione.

«Trasmettono sempre le canzoni dei morti, a questa radio» commentò ridendo.

Avevo scoperto Elvis grazie al mio padre adottivo. Metteva i suoi dischi a ripetizione quando scriveva. Sempre gli stessi pezzi, in maniera ossessiva: diceva che così si copriva il rumore della città. Questo era stato prima che ci trasferissimo nella casa della scogliera.

Scriveva sempre seguendo un orario rigido: sette ore, ogni pomeriggio. In quei momenti era proibito disturbarlo, ed era allora che Elvis lo accompagnava.

Una volta gli avevo regalato un CD di Elvis, su cui c'era una canzone che ascoltò per scrivere un libro di racconti che alla fine non vendette molte copie. Io mi sentii in colpa. Non mi ricordo che canzone fosse, mi è sempre sembrato che un po' si assomigliassero tutte e che l'unica cosa davvero notevole era il modo in cui Elvis le interpretava.

Mi mancava. Mi aveva sempre trattato molto bene. Mi dispiaceva ancora per quell'insinuazione di Bambino.

All'ospedale una volta ho conosciuto un ragazzo che aveva subito abusi. Aveva quindici anni e quando era arrivato si intuiva qualcosa di strano in lui. Di solito, quando arrivi, ci metti un giorno a infilarti il pigiama. Ti sembra che la vita sia più simile a quella di casa se ti vesti con abiti normali. Mettersi il pigiama ti priva di una parte del tuo io. Ma lui se lo infilò subito, come se non vedesse l'ora di liberarsi del suo io.

Rimase ricoverato quasi tre anni.

Dopo cinque mesi, eravamo diventati grandi amici. E una sera, di quelle speciali da ospedale, mi raccontò che era stato violentato e che finalmente in ospedale era al sicuro.

Sembrava così sollevato... Pensai che era incredibile che una dannata malattia potesse essere l'antidoto alle sue sofferenze. Una merda schifosa era finita grazie a un'altra merda schifosa.

Bambino non parlò più per il resto del viaggio.

Arrivammo a una casa che si trovava nella parte più a nord dell'isola.

Era un luogo magnifico, totalmente diverso dalla nostra zona del faro, pieno di vegetazione e di splendidi cactus che circondavano la costruzione.

La casa in effetti sembrava piuttosto un castello. Quell'isola cambiava radicalmente da un angolo all'altro.

Pensai a una frase che a volte avevo sentito da mio padre, lo scrittore. Diceva che le più belle immagini e i momenti migliori della vita ti restano impressi per sempre in quella retina interiore che è l'anima.

Davanti a quello spettacolo, sentii che la mia retina interiore, l'anima, aveva appena immagazzinato un'altra immagine nei miei ricordi.

«Chi vive qui?» chiesi.

So che avrei dovuto chiedergli prima dove mi stava portando, ma che differenza faceva? Gli avevo promesso ventiquattr'ore e dovevo accettare i suoi piani.

«Qui vive... la persona di cui hai bisogno».

11

IL CAOS È LA PERSONALITÀ SENZA GIUDIZI NÉ MORALE

Aprì la porta una donna di mezz'età e incinta. Diede a Bambino un bacio sulla bocca e, qualche secondo dopo, ne ricevetti uno anch'io. Cane ebbe una lunghissima carezza.

«Sei tu quello che vuole cantare?» mi domandò.

Come faceva a saperlo? Io non avevo visto Bambino telefonare, e poi magari lì non c'era neppure la rete.

«Come ti chiami?»

«Ancora non ho scelto nessun nome».

«Sei tu che cominci la nuova generazione?»

Non risposi, non mi andava di spiegare un'altra volta come la pensavo su quell'argomento.

«Vado a inventare un bel gioco, vi lascio» annunciò Bambino.

Se ne andò con Cane e io rimasi da solo con lei. Mi condusse su una terrazza: era eccezionale, un incredibile giardino. In lontananza si intravedeva il nostro faro.

Cominciò a parlarmi di quel luogo e di come c'era arrivata, ma non l'ascoltavo. Vedere il faro da un'altra prospettiva mi aveva emozionato enormemente.

Quella donna si muoveva con rapidità, malgrado la gravidanza già molto avanzata.

Mi fece sedere al tavolo più grande e mi servì un cocktail che si chiamava pisco sour. Non l'avevo mai assaggiato.

«La ringrazio per il suo tempo, ma ho deciso di andarmene» la interruppi.

Non sembrò particolarmente colpita dalla mia decisione.

«Non vuoi più cantare?»

«Non lo so... era solo un'idea».

«Be', io ti posso insegnare».

«Non ho molto tempo. E in più deve essere abbastanza difficile».

«Non è necessario diventare il più bravo, non trovi?»

«Mi riferivo a...»

Mi interruppe.

«Magari, anche se avessimo tutta la vita, non riusciresti lo stesso a cantare bene. Sai cosa diceva mio figlio? 'Ama il tuo caos'».

«Ama il tuo caos?»

Bevve un sorso di pisco.

«Sì, all'inizio non lo capivo nemmeno io. Non capivo a cosa si riferisse. Poi è morto, quando aveva quindici anni. E ne ho impiegati quasi altri cinque per comprendere che cosa voleva trasmettermi».

Non riuscivo seguirla, ma preferii non dirglielo. Continuò:

«Lui sapeva quanto avrei sofferto quando non ci fosse stato più, e con quell'‘ama il tuo caos’ mi ha aiutato. Ho fatto come diceva lui: ho amato il mio caos».

Sorrise. Non sembrava triste.

«Ballavamo quasi sempre. In ospedale eravamo la madre e il figlio che ballavano di più. Non ci vergognavamo, piuttosto ci sentivamo euforici.

«A volte passavamo ore intere a ballare tanghi o boleri.

«Mio marito non ballava mai. Credo che se non hai mai ballato con tuo figlio non sai cosa ti perdi: è come averlo di nuovo dentro la pancia. Non so come spiegarlo. Adesso ballo con questo che aspetto, da dentro verso fuori...»

Mi servì ancora pisco.

«La gente si priva di certe cose perché non le ritiene adatte, ma se ti butti, senza fermarti a pensare ai ruoli, tutto migliora. In questo mondo i tuoi limiti sono quelli che scegli di fissarti. Jan ha sempre amato il proprio caos e non si è mai posto un limite. Mai...»

Fece una pausa; forse pronunciare quel nome l'aveva commossa. Ma poco dopo recuperò il suo solito ritmo.

«Jan ballava divinamente. Quando ballavamo insieme, amavamo il caos che creavamo».

Non riuscivo a capirla e se ne accorse. Rifletté qualche secondo prima di continuare, desiderava spiegarmelo bene.

«‘Ama il tuo caos’ si riferisce a ciò che ti rende diverso, a quello che la gente non capisce di te o che addirittura vorrebbe farti cambiare.

«'Ama il tuo caos' è ciò che Jan ha sempre fatto con la sua vita e che desiderava che facessi anch'io con la mia. Quando se ne è andato, sapeva che sarei crollata, ma non voleva che rinunciassi a questo mondo, piuttosto mi chiedeva di amare questo caos che aveva creato.

«La gente insiste sempre perché tu cambi il tuo caos, perché lo imbrigli, lo corregga, lo riordini o lo riduca, quando invece bisogna amarlo e non solo: oltre che amarlo bisogna farlo crescere. Ciascuno è il proprio caos.

«Se qualcuno non lo capiva, a lui non importava niente, rispondeva solo: 'Ama il mio caos'. E quando lui non capiva qualcun altro, gli sussurrava: 'Amo il tuo caos, ma che stia lontano, lontanissimo da me...'

«Ogni giorno che riuscivamo ad amare il nostro caos, pensava che avremmo dovuto lanciare in cielo un grosso palloncino azzurro, in modo che il resto del mondo lo sapesse. 'Devi condividere la tua accettazione del caos'. Diceva che sarebbe stato splendido e caotico alzarsi una mattina e scoprire un cielo pieno di palloncini azzurri».

Mi si avvicinò e mi guardò negli occhi. Voleva spiegarmi un qualche passaggio fondamentale.

«Il caos è la personalità senza giudizi né morale. Se ami il tuo caos, alla fine scoprirai che le risposte che cerchi non te le dà mai il mondo, ma sono già dentro di te». Mi toccò il viso. «Non esiste la felicità: esiste solo il sentirsi felice ogni giorno. Per questo è fondamentale amare il proprio caos».

Fece una pausa.

Svuotai il bicchiere di pisco, tanto per fare qualcosa. Ero entusiasta di quelle parole; non so se le avessi realmente assimilate, ma mi avevano toccato in profondità.

«Se devi andare, vai» mi esortò con un sorriso. «Ma se devi andare perché è quello che ti è stato insegnato, allora non andare».

Non me ne andai.

«C'è qualche pezzo d'opera che ti piace in particolare?»

Riflettei prima di rispondere: volevo sceglierne uno che la colpisse.

«*Belle Nuit*, la barcarola dei *Racconti di Hoffmann*».

Entrò in casa e la vidi prendere un disco da una raccolta che aveva su uno scaffale in salotto. Non me n'ero accorto quando ero arrivato, ma aveva una collezione di vinili da restare a bocca aperta.

Mise il disco su uno strepitoso grammofono di legno e ne uscirono le note di *Belle Nuit*.

Quel luogo già magico si stava riempiendo di una bellezza aggiuntiva. Ho sempre pensato che i paesaggi accompagnati dalla musica triplichino la propria bellezza.

Mi aspettavo che mi chiedesse di cantare con lei, ma non fu così. Mi prese la mano e iniziò a ballare con me su quell'immensa terrazza. Mi sentii Jan: con umiltà, ma mi sembrò di essere lui.

Mi lasciai andare, non ballavo bene, ma neppure mi feci trascinare, e amai il mio caos, anche se quel caos era solo ballare male. Quei minuti furono splendidi.

Il disco girava, quella voce ci inondava e lei e io ballavamo.

Mi sentii come se fossi in pace. Furono cinque minuti intensi: non smettemmo di ballare neanche per un istante. Iniziammo staccati, lasciandoci andare, disinibendoci, e alla fine ci stringemmo in un lento. In certi momenti sentii il piccolo dentro di lei che si univa a noi: avvertivo dei timidi colpetti nella sua pancia.

Quando ci fermammo, pianse di felicità. Non so se fu perché non ballava più da tanto tempo o se invece fu il ricordo di Jan.

«Vieni domani e canterai come non hai mai immaginato» mi disse. «Sai? I suoi amici Jan lo chiamavano Yanny» aggiunse.

Quel dettaglio senza importanza mi commosse. Entrai in sala e feci ripartire la canzone, come faceva sempre mio padre. Il tema ricominciò. Questa volta fui io a condurla, e mentre lo facevo le chiesi che continuasse a parlarmi del caos di Jan.

E attraverso ogni parola che pronunciava su quel ragazzo e sul suo caos, sentivo che la sua energia e la sua forza mi contagiavano.

Ora sapevo che dovevamo amare il nostro caos, ciò che ci rende unici, anziché imbrigliarlo.

Quella donna traboccava energia e suo figlio era dentro e fuori di lei. Era come se entrambi fossero pura luce e riuscissero a farmi brillare.

Non so quante volte rimettemmo la stessa musica, ma alla fine mi accorsi che tutto il nostro corpo è progettato per ballare. Non per camminare, né per correre, e ancora meno per lavorare, discutere, soffrire o pensare.

All'improvviso mi fu tutto chiaro.

Pensando si creano i problemi e ballando si risolvono.

12

NEI GIORNI LIMPIDI, SI DOVREBBE POTER VEDERE LA PROPRIA ANIMA

Quando uscii dalla casa, Bambino stava giocando con Cane. Si mordevano. Lo salutai e vennero entrambi di corsa verso di me. Era quasi buio. Tornammo in macchina in silenzio, come nell'ultimo tratto del viaggio di andata.

Pensai alla festa che avremmo fatto a Tronco: sentivo il desiderio di dichiarare per la prima volta che cosa mi restava di lui.

Quasi a metà strada, Bambino sterzò verso est: voleva mostrarmi qualcosa. In quel luogo c'erano solo dune e il vento incessante che impediva di tenere gli occhi aperti.

Arrivammo a una scogliera imponente. Era un posto splendido e desolato insieme: né vulcani, né vegetazione, solo sabbia da tutte le parti, tranne dove c'era il mare. Scendemmo dall'auto e Bambino sussurrò a Cane di restare a bordo. Ubbidì. Andammo sull'orlo del precipizio. Bambino si fermò a guardare l'orizzonte. Capii che stava per dire qualcosa di solenne.

«Nei giorni limpidi da qui si riesce a vedere» fece una pausa «la propria anima».

Risi, abituato a sentire quella stessa frase che finiva

con il nome di un'altra isola. Il vento soffiava sempre più forte.

Bambino tornò alla macchina a prendere un libro. Non era grosso, né spesso: gli stava in tasca.

«Ne avrai bisogno quando quelli della tua generazione ti chiederanno di fare qualcosa. Qui ci sono gli indirizzi delle persone che ci aiutano».

Non ebbi il coraggio di aprirlo. Ancora non era il momento, ancora non ero il capo di nessuno, solo un semplice apprendista.

«Perché ci aiutano?» chiesi.

«Perdite» rispose. «Perdere qualcuno ti colloca in un luogo e in un'attitudine universali. Quest'isola è come dovrebbe essere il mondo. Non siamo stati creati per imparare a vivere, ma per imparare a morire».

Sorrisi e ripensai alla donna.

«O a ballare».

Ora fu Bambino a sorridere.

«Balla divinamente, vero? Riesce sempre a fare in modo che tu trovi la tua strada».

Il vento iniziò a soffiare perfino più forte. Ora ci veniva addosso, spingendoci verso il vuoto. Se non avessimo opposto resistenza, ci avrebbe gettato inesorabilmente oltre il bordo del precipizio.

Bambino si illuminò in viso, benché il suo volto denotasse una stanchezza che fino a quel momento non gli avevo mai visto.

«Ogni volta che ti avvicini a una risposta, l'Universo gioca con te per farti dimenticare la domanda».

Tornò alla macchina: sembrava esausto, ma sapevo che cosa dovevo fare. Gli proposi di giocare. La partita consisteva nell'evitare che il vento ci buttasse di sotto.

Disse subito di sì. Il vento prese a ruggire con forza, dovevamo urlare per sentirci. Iniziammo a ridere e contemporaneamente a parlare di una cosa che avevo bisogno di chiedergli.

Il sole tramontava all'orizzonte, sembrava che tutta la natura si fosse alleata per far sì che il nostro gioco fosse perfetto.

Iniziai a parlare e intanto stavo attento che il vento non mi spingesse giù, verso una morte certa. Il mare alle nostre spalle non era calmo e in più c'erano scogli affioranti impossibili da schivare.

«Ma se siamo stati creati per morire, per imparare a morire, allora tutti gli altri si sbagliano?» domandai, urlando.

Bambino mi rispose anche lui gridando.

«Raccontami i tuoi grandi momenti esistenziali: sono sicuro che tutti quelli che ti hanno cambiato, come persona, sono legati alla morte o alla sua accettazione».

Il vento ci spingeva ogni volta di più. Bambino continuò:

«Quanto prima ti renderai conto che ogni minuto è un regalo, più presto inizierai a vivere. Ma non devi capirlo secondo la vita, ma in chiave di morte» rispose strillando sempre più forte.

«E come si fa? Non saprei da dove cominciare!»

«Pensa ai ciccioni».

«Ai ciccioni?» urlai.

Non ero sicuro di aver capito bene.

«Chi è grasso vuole dimagrire, far sparire la pancia in tre mesi, ma forse gli ci sono voluti quattordici o trent'anni per farla diventare così grossa.

«Capire come imparare a morire in due minuti è impossibile se fino a ora ti hanno solo insegnato a vivere.

«Siamo fatti di carne e ci comportiamo come se fossimo d'acciaio, ecco il problema. Ma la gente si dimentica che dev'essere il contrario: chi ora è coraggioso, all'inizio è stato un codardo. E se sei stato un piccolo codardo, potresti diventare un grande coraggioso.

«Mia madre mi diceva sempre che io ero un bambino Indaco».

«Indaco?» ripetei stupito. Non avevo mai sentito quella parola.

«Indaco è un tono di azzurro» mi rispose sorridendo. «Mia madre credeva che esistessero persone in questo mondo con l'anima di colore azzurro. Persone straordinariamente intelligenti e sensibili che erano in grado di cambiare il mondo. Ogni anno ne nasce uno, di bambini Indaco. Io so di non esserlo, ma mi affascina pensare che esistano».

Non so perché me l'avesse raccontato, ma capii che

era la sua verità. Sorrise e io con lui, benché il vento mi spingesse sempre più vicino al margine della scogliera. Ero stanco, comprendevo l'essenza di quello che Bambino mi spiegava, ma non lo scopo.

Continuammo a giocare. Quando mi sembrò che non ce l'avremmo più fatta senza cadere, lui mi urlò con tutto il fiato che aveva:

«Oggi partirò. Domani arriveranno i tuoi e so che te la caverai alla perfezione!»

E capii che questa era la verità... seppi che dovevo essere forte... e che lui sarebbe morto.

Non so perché lo seppi, ma l'ultima raffica per poco non lo spinse di sotto e io lo afferrai e lo riportai alla vita. Mi sorrise e vidi sul suo volto che la vita si spegneva.

«Senza la tua generazione ti spegni in fretta» mi sussurrò. «Loro e le promesse che gli hai fatto diventano la tua energia, il motore che ti dà forza. Ricordati che le promesse se le porta via il vento, bisogna sempre impedire che soffi...»

Mi accorsi che gli mancava pochissimo. Lo portai alla macchina e guidai io. Cane non smise di leccarlo per tutto il viaggio. Sentivo che lo stavamo perdendo.

13

NON CI INSEGNANO A CRESCERE, FORSE NON DOVREMMO CRESCERE

Quando arrivammo a casa – non avrei mai immaginato che avrei chiamato quel posto 'casa' – Bambino era già debolissimo.

Lo lasciai a riposare al faro. Cane rimase con lui.

Mi chiese di preparare l'addio per Tronco. Lo feci. Dai dromedari raccolsi le sue ceneri.

Cercai con meticolosità di ripetere ciò che avevo visto nelle due sere precedenti. Seguii le loro tradizioni. Forse era per quello che ti facevano trascorrere qualche giorno con la generazione precedente, così ne conoscevi i membri, imparavi come ti avevano preceduto e potevi celebrare il loro addio.

Quando tutto fu pronto, volli portarlo in braccio fino alla baia. Lui si rifiutò. Camminava lentamente, ma del resto non c'era alcuna fretta. Si appoggiava a Cane, che andava alla sua velocità.

Cenammo, ma questa volta non lo facemmo in silenzio. Parlammo di cose banali, della nostra infanzia e perfino di calcio. Credo che ne avessimo bisogno entrambi.

Arrivò il momento della cerimonia. Bambino parlò per primo. Si commosse a ogni parola.

«A me rimane... tutto il tuo essere. Non ti divido, non voglio che qualcuno si accaparri un pezzo di te. Il mondo ti ha rubato le altre parti e io ora voglio tenermi tutto ciò che eri: una persona completa in tutti i sensi».

Pianse, e io con lui.

Non dissi niente. Mi sembrò un'invasione. Bambino mi lasciò gettare le ceneri nel geyser. Tronco salì più in alto di tutti gli altri e illuminò il cielo in un modo perfetto.

«Tu inventerai un altro modo per dire addio ai tuoi» aggiunse Bambino.

Ci sedemmo a guardare il mare. Cane non si allontanava da lui. Cominciavo a sentirmi a casa in quel posto.

In più, mentre Bambino si spegneva, sentivo che stavo diventando sempre più forte.

«Le persone si complicano moltissimo la vita... desiderano avere sempre più cose» commentò Bambino.

Poi rimanemmo per un'altra ora in silenzio. All'improvviso, uno dei dromedari apparve accanto a Bambino, come se presagisse la sua morte. Gli leccò un orecchio e si sdraiò vicino a lui e a Cane. Il secondo dromedario arrivò pochi minuti più tardi e fece la stessa cosa. Fu commovente e doloroso.

«Loro sopravvivono a tutti noi, e sentono quando la nostra partenza è imminente».

Per un'altra ora non disse altro; era come se la vita si stesse spegnendo a poco a poco. Fui costretto a fargli la domanda.

«Accendo il faro?»

Rise. Si alzò, prese a fischiettare e a ballare qualcosa che somigliava a *Stayin' Alive* dei Bee Gees. Era così grazioso...

Mi unii a lui. Fischiavamo e ballavamo *Stayin' Alive.* In fin dei conti era quello che eravamo venuti a fare sull'isola.

Era un bravissimo ballerino, di quelli che inventano nuove figure. Ridemmo un sacco.

A un tratto perse l'equilibrio, lo sostenni e a quel punto continuammo a ballare abbracciati. Quella donna aveva ragione: ci perdiamo moltissime cose se non balliamo con coloro a cui vogliamo bene...

«Non voglio andare al Grand Hotel. Vorrei giocare con la corda...» fece una pausa. «Perdere e ballare con l'acqua».

Sapevo cosa significava e lo temevo da ore. Avevo immaginato che avrebbe voluto morire giocando, coerente con il suo modo di vivere. Credo che perfino Cane l'avesse capito.

Non mi tirai indietro. Lo capii e amai il suo caos.

Andammo fino alla scogliera. Prendemmo la corda e cominciammo a giocare. Tirò fuori le forze da dove non le aveva. Lo guardavo e comprendevo tutto ciò di cui mi aveva parlato in quei giorni.

Stavo vedendo morire una persona, imparando dalla sua morte.

Non glielo dissi, tanto era ovvio. Però volli rivelargli una cosa che non sapeva.

«Domani è il mio compleanno» dissi, mentre tiravo con tutta la forza che a lui mancava.

«Ne compi diciotto?»

«Sì».

Bambino sorrise.

«Allora forse puoi cambiare zona».

Non capii.

«Ci sono quattro zone in quest'isola, vanno per età. Qui ci stiamo noi che moriremo entro i diciassette anni. Nel libro troverai i luoghi dove sono gli altri. Se vuoi puoi trasferirti nella zona di quelli dai diciotto ai trentasei».

Era incredibile l'organizzazione di quel posto, quando sembrava invece che tutto fosse lasciato al caso. L'ordine del caos.

«La donna incinta che hai conosciuto oggi è l'ultima della sua generazione, dai trentasette ai cinquantaquattro. Immagino che domani arriverà la persona che dovrà subentrarle. A volte impiegano più del previsto a trovare i successori...»

«Lei sta per morire?» Ero sorpreso. «Pensavo che fosse qualcuno che ci aiutava...»

«Il libro che ti ho dato parla delle persone che sono sull'isola, di quello a cui si dedicavano e in cui possono aiutarci. Però tutti veniamo qui a morire... fa parte della vita... Tutto è un gioco, il mondo è il cortile più grande che ci sia» ripeté. «Nessuno ci insegna a crescere, forse non dovremmo crescere».

Quanta ragione aveva... Continuammo a giocare, ma lui lottava per cadere: lottava con forza per morire giocando. Capii che non era giusto che giocassi per trattenerlo con me sempre di più.

Lo lasciai andare. E lo persi. Cane ululò come un lupo che ha perso una parte del branco. E sentii, come lui aveva profetizzato, che la sua morte era necessaria per darmi vita...

14

NON SI TRATTA DI IGNORARE I DIVIETI,
SI TRATTA DI NON DARE VALORE
A QUEI DIVIETI.
NON SI TRATTA DI SOFFRIRE,
SI TRATTA DI COMPRENDERE
LA SOFFERENZA.
SI TRATTA UNICAMENTE DI VIVERE

E come Bambino aveva predetto, lui morì e io resuscitai.

Un istante dopo averlo perso, mi resi conto che fino a quel momento ero stato anch'io come morto. Adesso finalmente mi sentivo vivo e compresi che preoccuparsi della vita non è mai così intenso come preoccuparsi della morte. La morte ci fa prendere coscienza e trabocca di vita: lì si trova tutto ciò che ci appassiona.

Capii che se trasformi il concetto e 'vivi imparando a morire', tutto dentro di te cambia: si dimenticano gli obblighi e le routine che ti autoimponi, dovuti alla convinzione che una vita debba avere senso.

Mi sentivo intenso e unico, con l'energia del leader e senza alcuna remora nel godermi il resto della vita, per quanto breve fosse.

Proprio in quell'istante, un dolore mi scosse tutto il corpo e fu come se le mie membra ferite volessero partecipare della scoperta.

Seppi che avrei guidato la mia generazione, sentivo il

bisogno di dare alle persone che sarebbero arrivate il mio amore, un nome e uno stile di vita.

Feci un profondo respiro e capii che quando fossero arrivati gli altri, avrebbero dovuto trovarmi pronto. Così iniziai a prepararmi.

Tornai al faro. Van Gogh non volle seguirmi. Salii all'ultimo piano, per la prima volta. Nella stanza di Bambino. Da lassù, tutto sembrava diverso. Guardai le dimensioni del suo lettino e capii meglio la sua straordinaria grandezza. Mi sedetti proprio dietro a quella luce potente che salvava vite e cominciai a scrivere.

Ma mentre descrivevo tutto ciò che mi era successo in quei giorni, mi resi conto che le cose che avevo imparato non avrei dovuto insegnarle solo alla generazione che stava per arrivare, ma al mondo intero.

Stavo per morire, ma avevo scoperto che solo dando ciò che non hai voglia di dare, ed essendo colui che non pensavi di essere, riuscirai a diventare ciò che vuoi o ciò che desideri in questo mondo.

Così mi preparai a redigere il decalogo, o forse la lista delle venti o trenta regole che devono essere distrutte, accettate o banalmente ignorate.

Mi era chiaro che non sarei stato soltanto il leader della generazione che stava per cominciare, ma che avrei cercato di cambiare tutte le generazioni che si sarebbero succedute.

E questo grazie alla morte che mi dava coraggio. Ero

solo uno dei tanti che avevano scoperto che la vita ci fa essere codardi.

Il corpo mi faceva male e mi avvisava in tutti i modi possibili che la fine si stava avvicinando.

Ma, quando fosse arrivato il momento, avrei fatto come Bambino e sarei morto su quell'isola con i miei. Speravo solo di non essere né il primo, né il secondo, né il terzo. Avrei cercato di resistere fino all'ultimo, come aveva fatto il loro leader.

All'improvviso seppi qual era la mia prima regola:

Dimentica tutte le regole che ti hanno insegnato.

E la seconda:

Inventa il tuo mondo, definisci le tue parole.

Ma mi accorsi che, ancora una volta, tutto poteva essere racchiuso in un'unica frase:

Ama il tuo caos.

Bastava quello per esprimere tutto.

La morte di Bambino mi aveva impresso moltissima forza, mi sentivo in grado di governare la mia vita e di ideare un nuovo codice per guidare il mondo.

Un codice che non avrebbe mai imposto divieti. I divieti sono per coloro che hanno paura. E passano la vita a giocare con i nostri timori, senza conoscere né loro stessi né noi.

Mi resi conto che devi solo decidere come vuoi vivere in questo mondo. Si tratta di reinventare da capo la ruota, il fuoco, la musica, il canto... Di dimenticarsi la massificazione e il perfezionismo. Di accettare il dolore e la tristezza. Di non accettare nessuna regola che venga data per scontata.

Non si tratta di ignorare i divieti, si tratta di non dare valore a quei divieti.

Non si tratta di soffrire, si tratta di comprendere la sofferenza.

Si tratta unicamente di vivere.

Nessuna regola, ma solo essere fedeli a se stessi, alla propria generazione. Morire e dare la vita. Dare la vita. 'Dare'.

All'improvviso mi calmai. Forse ero stato troppo euforico. E se fossi davvero partito?

Dovevo donarmi alla mia generazione o al mio mondo? La mia generazione erano nove persone che sarebbero arrivate entro poche ore, o erano tutte le persone che erano già morte in vita e che avrei potuto resuscitare?

Decisi che dovevo parlarne con qualcuno. Forse, come Bambino mi aveva suggerito, dovevo capire a che cosa appartenevo. Tra poche ore sarebbe stato il mio compleanno e forse era ora di spostarsi in un'altra parte dell'isola.

Guardai il libro e vidi dov'erano quelli che avevano compiuto diciotto anni. Era facile arrivarci.

Cambiai la luce del faro sul colore rosso, in modo che venissero a recuperare Bambino. Ormai aveva ballato a sufficienza tra le onde, come si era prefisso di fare. E quasi sovrappensiero alzai gli occhi verso la cuspide del faro e vidi una distesa di palloncini azzurri. Bambino aveva messo in atto il consiglio della donna. Aveva amato il proprio caos ogni giorno su quell'isola. Il rosso del faro e l'azzurro di quel soffitto mi rimasero per sempre impressi nell'anima.

Salii su uno dei dromedari e andai verso sud. Volevo osservare l'altra generazione, vedere come vivevano, in che modo si dicevano addio e se avrebbero compreso quanto avevo appena scoperto.

Cantai *Perfect Day* in onore di Bambino, e il dromedario, ancora una volta, mi fornì le percussioni. Fu molto più triste rispetto al viaggio di andata.

Fu il mio addio a un grande, mentre mi allontanavo dal faro.

Pochi secondi più tardi mi arrivò un latrato: Van Gogh mi seguiva.

Mi sentivo unico, non avevo bisogno di altro in questo mondo. Niente: assolutamente niente di più.

Finalmente il mondo aveva il colore che nessuno dovrebbe mai dimenticare.

Solo chi è in pace con se stesso può raggiungere la percezione che avevo in quell'istante.

Presi il sacchetto per il vomito che avevo ancora in tasca, lo girai e sulla schiena di quel dromedario scrissi la mia seconda poesia.

I dieci basta che servono per vivere in questo mondo e per essere se stessi insieme al proprio caos.

Basta giustificarsi a parole,
basta soffrire per ciò che pensano gli altri,
basta discriminare chi è diverso,
nessuno è più di nessun altro.
Basta giocare con regole che non ti sei dato
né comprendi,
basta correre, andare di fretta, perché il presente
è dove sei proprio in quest'istante.
Basta con il voler sempre essere il migliore,
basta con la tirannia dei deboli.
Basta! Basta! Basta!

15

LE CICATRICI DELLA PAURA SONO IL FRUTTO DELLE CAREZZE PERDUTE

Arrivammo alla meta mentre sorgeva il sole.

C'era un laghetto verde che si integrava magnificamente nel paesaggio. Non c'erano né scogliera, né faro. Era uno spazio pieno d'acqua nel cratere di un vulcano. La bellezza era dirompente.

Ero stanchissimo. Il dromedario e Van Gogh si dissetarono, e io mi immersi in quella specie di piscina naturale. Cercai di non fare alcun rumore. Non volevo infrangere quella bellezza.

A un tratto vidi una ragazza sulla riva. Suonava una tromba, ma era come se le note fossero sussurrate e potesse sentirle solo lei. Mi guardava intensamente. Sembrava un distillato di cordialità.

Uscii dall'acqua e mi avvicinai a lei, e in quel momento mi resi conto che era la ragazza dell'aeroplano, quella che aveva indovinato i miei pensieri segreti. Sembrava che fossero passati secoli da quell'incontro.

Anche lei mi riconobbe. Pronunciò un'altra volta quelle parole, senza emettere alcun suono, solo muovendo le labbra.

«Mi sveglio e non mi interessa...»

La guardai e questa volta seppi cosa rispondere. Scandii:

«Mi sveglio e *mi* interessa».

Lei sostenne il mio sguardo e non proseguì. Van Gogh le si avvicinò per annusarla. Si piacquero.

«Sei il leader di quelli del nord?» mi chiese.

«Sì. Tu sei la leader di quelli del sud?»

«Sì».

Ricominciò a suonare la tromba. Questa volta riconobbi la canzone: era *Taps*. L'avevo sentita dalle labbra di Montgomery Clift in *Da qui all'eternità*, in cui recitava insieme a Burt Lancaster. Mio padre non aveva perso un film di Burt Lancaster e il suo preferito era *Un uomo a nudo*, in cui il protagonista cerca di attraversare un'intera città nuotando di piscina in piscina. Credo che gli piacesse perché era una metafora dell'incomunicabilità. O forse perché c'era l'acqua, sempre l'acqua.

Quando smise di suonare mi venne da applaudire, ma seppi che non era la cosa giusta da fare. Le rivelai una confidenza.

«Oggi compio diciotto anni».

«Auguri». Sorrise. «Vieni a morire qui?»

Anche lei era cambiata rispetto all'aeroplano. Me ne accorsi quasi senza conoscerla.

«Non credo... probabilmente torno indietro» le rivelai.

«Indietro laggiù?»

«Sì».

«E perché?»

«Per cambiarli. Dobbiamo aiutarli a risvegliarsi».

«Non credo che lo faranno».

«A dare» insistetti.

Speravo che comprendesse quel 'dare', che anche lei avesse percorso il mio cammino, che la morte della generazione precedente l'avesse condotta al mio istante.

«Dare. Lo so...»

«Non esiste nient'altro» insistetti ancora.

«Lo so». Mi rivolse un nuovo sorriso. «Ma non ti sarà facile spiegare che cosa senti. Laggiù hanno costruito trappole. Conoscono mille modi per farti cambiare idea.

«Questo esiste perché è effimero: laggiù non ti capiranno. Loro vivono per il denaro, per lavorare, per il possesso delle cose, per sfruttare le risorse...

«Cercheranno di bloccare il tuo discorso parlando di paure, di posizione nel mondo, di equilibrio e di futuro.

«Ogni progresso della società ci allontana dalla morte ma, proprio per questo, anche dalla vita.

«In duemila anni hanno perfezionato l'assurdo: nascere e vivere di spalle alla morte, quando invece è proprio la morte a ricollocare tutto».

La ascoltavo, ma non le credevo. Sentivo che era vicina al mio istante, ma lontana dalla mia forza ispiratrice.

Decise di essere più concreta.

«Che cosa farai quando arriverai là? Come pensi di trasmettere questi valori? A chi?»

Non risposi. Sentivo che era ora di partire. Sarei andato a salutare la donna incinta. Probabilmente lei mi avrebbe capito; ero certo che avrei trovato da lei le risposte di cui avevo bisogno.

La ragazza dell'aereo mi trattenne.

«Regalami tre ore della tua vita. Voglio parlarti della mia generazione...»

Accettai. E mi mostrò il suo mondo. Loro si erano dati nomi di poeti. La loro leader precedente si chiamava Wisława, in onore della grande Szymborska. Anche lei adesso stava lottando al Grand Hotel.

Mi mostrò il luogo dei loro incontri: una fantastica grotta dalle sfumature verdi. E il loro modo di dirsi addio: usavano le ceneri miste a colori per scrivere versi sulle pareti vulcaniche, che rappresentassero la vita delle persone che non c'erano più.

Me ne lesse alcuni:

PASSA CON LEGGEREZZA, PERCHÉ PASSI SUI MIEI SOGNI.

FARE IL BENE È CREARE FELICITÀ. FARE IL MALE È CREARE DOLORE. NON C'È NIENT'ALTRO.

SII TE STESSO, GLI ALTRI POSTI SONO GIÀ OCCUPATI.

Mi commossi quando mi raccontò chi erano state ognuna di quelle ceneri in forma di parole. E vidi che a Van Gogh succedeva lo stesso.

Mi raccontò anche che la loro leader emanava energia positiva e come aveva trasformato ogni atto quotidiano in amore e sesso. Aveva insegnato loro a prendersi cura di se stessi, sempre e in ogni istante. E soprattutto nei tragitti di spostamento, che è quando meno si è concentrati sul presente, mentre sono proprio quelli i momenti da apprezzare di più.

Mi sembrò che il loro mondo fosse in rima e con le lentiggini. Non riesco a spiegarlo meglio.

Mi disse che la lingua con cui parlavano era quella delle carezze. Si accarezzavano ogni volta che ne sentivano il bisogno.

«Le cicatrici della paura sono il frutto delle carezze perdute» dichiarò.

Fu straordinario poter conoscere quel mondo, così diverso dal nostro.

«E tu cosa farai come leader?» le chiesi.

Ogni parola che dicevo rimbombava nella grotta e sembrava che si depositasse dentro di lei.

«Credo che non dobbiamo pensarci in anticipo: quando sarà il momento verrà da solo» mi rispose. «Loro arriveranno con la loro morte e le loro forme di resistenza e prenderanno posizione. L'unica cosa che cambia le persone sono i viaggi e il vivere in comunità.

«Essere leader non significa esercitare un ruolo: devi solo illuminare».

Apprezzai molto il modo che aveva di interpretare il proprio ruolo. Forse mi sarei potuto fermare sotto la sua tutela. Il cambio di età me lo consentiva.

Glielo dissi e la intenerii tanto che finimmo per entrare nell'universo della sua generazione precedente.

Finimmo con l'accarezzarci in una specie di infinito massaggio. Mi portò così lontano... Adesso ero un apprendista in una generazione diversa, che non mi apparteneva.

Se ne accorse e mi incoraggiò.

«Impazzisci e dimentica il cervello: non ti aiuta, è un peso. È pensando che si generano i problemi».

Disse la mia frase e fu come se non fossi mai stato solo...

E mi lasciai andare.

16

SEI ARIA, CORDE O PERCUSSIONE?

Potevo fermarmi lì ed essere felice, ma avrei commesso un errore. Guardai Van Gogh, era contento accanto a quella ragazza. Era come se avesse trovato parte del suo nuovo branco. Bambino desiderava che fosse condiviso e proposi che si fermasse con lei. Furono entrambi d'accordo e sussurrai loro, separatamente, di prendersi cura l'uno dell'altra.

Io, però, non volevo ancora 'sistemarmi', avevo una strada da percorrere, per quanto tortuosa fosse. Dissi che dovevo andare a trovare la donna incinta, la leader di un'altra generazione.

Lei non mi trattenne, anzi mi offrì una piccola imbarcazione a vela con la quale potevo arrivare più in fretta.

«Non sono mai salito su una barca» confessai.

«Ora ti insegno come governarla. Ti basteranno dieci minuti per imparare».

E così fu. Mollò gli ormeggi, e tempo dieci minuti navigavo. Dare...

Li lasciai sulla riva e questa volta ebbi la certezza che non li avrei più rivisti, ma ringraziai il destino che me li aveva fatti conoscere.

Mi salutò suonando quella meraviglia de *Il silenzio* di Nini Rosso. Immaginai che avesse ritenuto impossibile imparare a suonare la tromba nei suoi ultimi giorni. Non so chi mi aveva spiegato che esiste uno strumento per ogni persona, che si adatta alle sue caratteristiche. Devi solo capire se sei un tipo aria, corde o percussione.

Lei era pura aria.

Puntai la prua a ovest e scorsi la nostra casa dal mare. Vedere il faro ancora da un'altra prospettiva, per me nuovissima, mi emozionò di nuovo. Guardai dall'altra parte e vidi il Grand Hotel vicinissimo. Sentii che dovevo andare lì per capire com'era il luogo in cui morivamo, ma soprattutto per conoscere il leader della generazione che mi aveva preceduto.

Non sapevo che cosa avrei detto al giovane Matisse quando me lo fossi trovato davanti, avrei voluto parlargli di ciò che avevo scoperto, ma probabilmente le mie riflessioni non erano troppo diverse da ciò che lui stesso aveva creato. Di certo tutti finivamo per essere parte delle scoperte degli altri.

Mi diressi al Grand Hotel con tutta l'abilità che il mio apprendistato di dieci minuti di navigazione mi consentiva.

Quando toccai terra, c'era Mamma che mi osservava. Evidentemente non ero né il primo né sarei stato l'ultimo curioso di vedere quel luogo prima che fosse la sua ora.

Lasciai la barca sulla spiaggia. Lei mi fissò e senza dire

una parola mi condusse fino a quell'edificio circolare, il famoso Grand Hotel.

Salimmo al quarto piano, stanza 415. C'era un cartoncino con sopra dipinta la parola MATISSE. A quanto pareva, era ovvio il motivo che mi aveva spinto fin lì. Forse anche altri leader avevano desiderato conoscere i loro predecessori.

Mamma si allontanò senza mai aprire bocca.

Entrai da solo e, in un letto attrezzato, circondato da tubicini e dai consueti rumori di un ospedale, c'era Matisse.

Aveva più o meno la mia età, era abbronzatissimo, teneva gli occhi chiusi e il suo viso era strepitosamente bello. Mi sembrò il ragazzo più bello che avessi mai visto.

Aprì un occhio quando entrai. Mi sedetti accanto a lui e istintivamente gli presi la mano. Non so perché lo feci.

Gli dissi chi ero e gli parlai di quelli della sua generazione che avevo conosciuto: la ragazza furibonda, la bambina che sembrava vecchia, Bambino, Tronco e poi gli raccontai dei miei pensieri, ciò che avevo capito della società, quello che volevo cambiare, il ballo, l'opera lirica...

Niente che non sapesse già, immagino.

Lui mi guardava con un occhio solo e mi trasmetteva uno strano senso di consolazione. È difficile da spiegare, ma mi trovavo di fronte uno di quegli esseri puri, senza spaccature, che donano e ti fanno sentire perfetto con te stesso.

Dopo quasi un'ora che gli parlavo, lui pronunciò le prime parole:

«La società sei tu... non dimenticarlo... La società sei anche tu». Mi guardò ancora e aggiunse: «La ricerca ha solo bisogno di una direzione, non di una meta».

Poi mi consegnò il libro sui pittori di cui mi aveva parlato la bambina che era invecchiata troppo in fretta. Stava morendo e mi regalava il suo bene più prezioso. Dare.

E, all'improvviso, quegli apparecchi a cui era collegato suonarono all'unisono e in maniera ritmica, come piccoli trilli che avvertivano il mondo che un grande lo stava lasciando.

Mamma insieme a un paio di infermiere entrarono nella stanza. Non vennero di corsa, né sembravano muoversi in fretta: lì si andava a morire, non c'era niente di sorprendente o doloroso. Non cercarono di rianimarlo. Semplicemente spensero le macchine.

Mamma con un gesto mi chiese se volevo chiudere l'occhio aperto. Farlo mi sembrò un onore. Lo chiusi e sentii che una parte della sua vita mi sfiorava.

Mi aspettavo che Mamma mi spiegasse le sue regole, le sue abitudini e mi desse i suoi consigli. Su quell'isola tutti parlavano e riferivano con sincerità ciò che sentivano.

Ma per la mezz'ora che rimanemmo in quella stanza, Mamma non disse niente. Restammo in silenzio, in pace, accompagnando Matisse. La sua vita si stava allontanando lentamente dalla camera.

Me ne andai quando mi sembrò di doverlo fare, camminai senza fretta per i corridoi. Mi fermai davanti a una porta dove c'era scritto WISŁAWA.

Entrai, la accarezzai e lei ci lasciò...

Scrissi una frase per lei sul suo braccio:

COLUI CHE SA PERCHÉ VIVERE,
PUÒ SOPPORTARE QUALUNQUE COME.

Ripresi la barca e andai dalla donna con cui avevo ballato.

17

DOMATORI DI VULCANI

Arrivai e bussai, ma lei non aprì.

Entrai in casa, andai sulla terrazza e non la vidi.

Salii all'ultimo piano di quella bellissima casa. Ed eccola, anzi, eccoli...

Un neonato le riposava tra le braccia. I loro visi riflettevano così tanto amore che era impossibile non sorridere.

Mi sedetti accanto a lei, la presi per mano; non so più quante ne avevo accarezzate quel giorno.

La guardai con dolcezza; il bambino emetteva un suono lieve, che era la colonna sonora perfetta per quel momento.

Poco dopo cominciammo entrambi a imitare quel suono, era come un mantra che ci dava pace.

«Credo che sia il primo bambino a nascere qui» disse. «Avrà una vita magnifica. Ti ho mai parlato del mondo azzurro?»

Feci di no con la testa.

«Il mondo azzurro di Rafael Alberti. Compare in una poesia che dedicò a César Manrique. Lo chiamò 'Pastore di venti e di vulcani'. Una bella definizione, non trovi?»

Annuii.

«Tu hai l'aria del domatore di venti e di vulcani» mi disse. «E questo piccolino, lo stesso...»

Poi recitò qualche verso di quella poesia di Rafael Alberti a voce alta. Si intitolava *Lanzarote*. Era tutto talmente perfetto...

Ritorno al mio azzurro,
il mio azzurro e il vento,
il mio splendore,
la luce indistruttibile,
che ho sempre sognato per la mia vita.

Qui sono i miei suoni,
le musiche lasciate,
le mie parole prime, cullate dalla spuma,
il mio cuore che nasce in anticipo sulle sue storie,
tranquillo mare, mare puro, senza abissi.

Vorrei forse morire, dissolvermi
che è vivere di più, portato a spalla dal vento,
fortificare il suo azzurro, errante, con l'alito
della mia canzone non ancora detta.

Fui io, fui io il cantore di tanta trasparenza,
e lo sono ancora, malgrado sanguini,
nel profondo, ferito a morte,

portatore dei molti defunti che vollero
rivivere nella mia voce, e mi accompagnano.

Ma non voglio morire, benché lo annunci,
perché non muore il mare, neanche quando muore.
La mia voce, il mio canto, vi accompagneranno
oltre, oltre le età.

Mi sdraiai accanto a lei. Le presi la mano. Respirammo all'unisono. Ascoltai i battiti lenti del suo cuore: si stava spegnendo. Lei vide il mio libro dei pittori. Cercò un artista e un quadro. Sapeva che cosa voleva.

«Ecco un altro esperto di azzurri» disse. «Di getto, senza correzioni. Dipingeva sempre all'aperto e con estrema rapidità. Diceva che le onde, il mare, non aspettano che tu sia pronto a riceverle: devi essere veloce. La natura ci parla sempre in fretta».

Era Sorolla il pittore di cui parlava. I suoi quadri avevano titoli semplici: *Nuotatori*, *Estate*, *Pescatore*... E la sua filosofia assomigliava a quella di mio padre.

«So che non vedrò crescere mio figlio, ma se mi imprimo nella mente, in ordine, tutti quei bambini di Sorolla che giocano sul mare, con i loro cavalli, i loro amici...» mormorò sfogliando le pagine «è come se vedessi lui che cresce, che vive e gioca.

«In questo mondo azzurro di Sorolla e Rafael Alberti lo vedo crescere e me lo immagino sdraiato sulla sabbia, che ride e vive...»

Mi sorrise.

«Ti aiuterò. Il tuo nome sarà Sorolla. A volte i leader devono seguire la generazione che li ha preceduti, per non dimenticare i loro insegnamenti». Sorrisi anch'io. Mi piaceva molto il mio nuovo nome. «Però, in cambio, devi trovare un nome per mio figlio. Appartiene alla tua nuova generazione».

Non dissi niente. Avvertivo la sua profonda emozione e intuivo ciò che mi stava per chiedere.

«Io sto per andarmene. Voglio che lo prenda tu e lo porti via di qui. Lo farai?»

«Dove vuoi che lo porti?» chiesi, pieno di angoscia. «Io non vivrò abbastanza a lungo».

«Tu vivrai moltissimo, Sorolla» mi interruppe.

So che non parlava di vita fisica. E mi accorsi che la stavo perdendo.

Allora ebbi l'impulso di cantare. E la mia voce uscì quasi angelica, come uno di quei canti che si sentono in chiesa. Cantai *Di quella pira* dal *Trovatore* di Verdi. Mi tolsi l'apparecchio acustico azzurro e amai il mio caos.

La cantai come non avrei mai pensato di poter cantare. Lei mi ascoltò commossa e non seppi, fino a che non finii, che sarebbe stata l'ultima cosa che avrebbe sentito nella sua vita.

Madre infelice, corro a salvarti,
o teco almeno corro a morir.

Sentii di far parte del suo mondo azzurro.

Quando se ne andò, il bambino non pianse, semplicemente mi guardava in silenzio.

Dovevo mantenere la promessa e portarlo via da lì.

18

ABBIAMO TUTTI DUE COMPLEANNI: IL GIORNO IN CUI NASCIAMO E IL GIORNO IN CUI CI SVEGLIAMO ALLA VITA

Ripercorsi la strada fino all'aeroporto.

Salimmo su quell'aereo e lo legai stretto a me sulla mia poltrona.

La meta del nostro viaggio era il luogo in cui più ero stato felice e dove avevo perso mio padre adottivo. Su quella scogliera lui sarebbe stato tutto ciò che io non avevo potuto essere.

E quando fossimo arrivati, gli avrei consegnato il libro che avevo iniziato a scrivere, insieme ai disegni che rappresentavano il meglio che avevo avuto nella mia vita, che si sarebbe conclusa in quel viaggio.

Quell''Ama il tuo caos, ama la tua differenza, ama ciò che ti rende unico'.

Con quell'eredità, si sarebbe potuto prefiggere qualunque traguardo nella vita, ottenere qualsiasi cosa. Sentivo che non ci sarebbe stato bisogno di altro, quello era il cammino da seguire: finire la storia, consegnargliela, e lui l'avrebbe portata per il mondo.

Era nato ed era stato amato in quel luogo. Avrebbe compreso qualunque cosa, poiché si era nutrito dell'energia di tutti coloro che erano passati dall'isola. Avrebbe potuto cambiare il mondo.

Ora dovevo soltanto trovargli un nome.

Avevo un'unica certezza: doveva essere una parola che chiunque potesse ricordare.

Pensai a tanti nomi diversi: tutti erano legati a eventi che mi erano accaduti sull'isola. Offenbach in onore del musicista di quel primo ballo. Drago o *Il-mondo-gira* in ricordo di Tronco e della sua batteria, *Lanzarote* per il mondo di sua madre...

Tuttavia decisi che, come al solito, sarebbe stata la musica a scegliere. L'ispirazione che mi fosse venuta dalla canzone che avremmo sentito all'atterraggio avrebbe indicato il percorso della sua vita.

Quel ritornello, qualunque fosse stato, avrebbe contenuto la sua energia.

Può una sola persona cambiare il mondo? Non avevo il minimo dubbio: lui ce l'avrebbe fatta.

Durante il nostro viaggio sussurrai al bambino migliaia di storie. Sapevo che per me sarebbe stato l'ultimo. Quando avessi toccato terra, avrei smesso di respirare.

Abbracciai forte quella creatura perfetta: quando io mi fossi spento, lui avrebbe ricevuto la mia eredità. Il mio caos sarebbe stato abbracciato da lui sotto forma di carezza.

Lui nasceva e io morivo, lui aveva il potere di cambiare il mondo e io desideravo che lo facesse.

Ci avvicinavamo alla nostra destinazione. Di sicuro

qualcuno lo avrebbe trovato legato a me, dopo l'atterraggio. Lasciai le indicazioni su come avrebbero dovuto educarlo, su quando consegnargli il libro.

Se avessero rispettato le istruzioni, ero certo che quel bambino avrebbe cambiato il mondo.

L'aereo cominciò a scendere e si diffuse una musica.

Era *Blue Eyes Crying in the Rain*, cantata da Elvis. L'ultima canzone intonata dal Re del Rock il giorno della sua morte. Era perfetta e mi ricordò le infinite colonne sonore che avevano accompagnato la scrittura di mio padre. Mi piacevano moltissimo i versi del ritornello che dicevano: «Un giorno ci ritroveremo là in quella terra che non conosce gli addii...»

Someday when we meet up yonder
We'll stroll hand in hand again
In a land that knows no parting.

Seppi che quel tema conteneva l'energia di tutti noi che avevamo lottato e di quel cielo pieno di azzurro che un giorno ci avrebbe circondati.

E all'improvviso ripensai a Bambino e alla sua storia sui bambini Indaco dall'anima azzurra. Ero certo che il neonato fosse uno di loro. Non avevo dubbi.

Il suo nome sarebbe stato Azzurro.

Azzurro avrebbe fatto girare il mondo in modo diverso.

Senza saperlo, avevo creato la mia generazione.

Quel bambino avrebbe fondato un nuovo mondo, dove si sarebbe vissuto pensando alla morte, al gioco, ai sentimenti, alla vita, alla rinuncia alle regole...

«Azzurro...» gli sussurrai.

Sentì il proprio nome e sorrise. Nel suo sorriso ritrovai una parte di tutti coloro che avevamo perduto.

Mi sfilai dal collo il nastro a cui era legata la chiave della casa sulla scogliera e lo misi a lui. Sarebbe diventata casa sua.

«Ecco il mondo, Azzurro, ama il tuo caos».

Ballammo la sua canzone, godendoci quell'istante, e pensai:

'Chi si prenderà cura di lui?

'Chi lo amerà?

'Chi amerà il suo caos?'

Lo gridai forte, con la lingua della mente, come con un megafono interno, desiderando che qualcuno su quell'aereo lo sentisse e decidesse di amarlo e occuparsi di lui.

Guardai davanti e dietro, scrutai gli altri passeggeri e finalmente sentii una voce che risuonò senza che nessuno muovesse le labbra. Risuonò dentro di me e seppi che l'avevo già sentita, in precedenza.

'Io amerò il suo caos'.

Mi voltai e sei file più indietro, nella corsia di sinistra, c'era Papà. Papà, il creatore delle figure di lava da offrire al vulcano. Papà, che mi osservava orgoglioso per la decisione che avevo appena preso. Mi immaginai che la ragazza del sud gli avesse raccontato i miei propositi e lui avesse abbandonato l'isola per aiutarmi a realizzare il mio sogno.

L'aereo atterrò ed ebbi la certezza che l'avrebbe fatto. Avrebbe adottato quel bambino e l'avrebbe portato alla casa sulla scogliera insieme al libro che avevo scritto.

Alla fine ero riuscito a creare il mio mondo e avevo consegnato la mia eredità.

Sapevo che stavo per morire, eppure non riuscivo a fare altro che sorridere: ero felice.

L'ultima cosa che percepii fu lui che si avvicinava e mi accarezzava il viso. Gli restituii il Borsalino e gli consegnai Azzurro. Sapevo che se ne sarebbe preso cura e l'avrebbe aiutato a formarsi.

Sull'isola avevo capito che cambiare ti rende molto diverso. Voler restare per forza uguali a se stessi ti porta solo verso una strada comoda.

E fu allora che sentii il mare della mia terra, il mare di mio padre. Il suo suono, le sue onde, il suo messaggio...

Mio padre ascoltava il mare, il rumore delle onde che si frangevano sugli scogli.

Non ascoltava mai le persone. Passava ore a guardare la scogliera, sforzandosi di capire che cosa volesse comunicargli quel suono.

«La natura ci parla, ma siamo troppo occupati per capirla» mi sussurrava certe notti.

Guardai Azzurro prima che scendesse dall'aereo. So che anche lui ascoltava le onde e le comprendeva. Comprendeva ciò che ci sussurrano il mare, la terra e il vento... E perfino i piccoli accordi generati dal suono di due o tre pianeti...

Il mondo azzurro aveva già cominciato a girare: me lo immaginai cresciuto, un ragazzino felice sulla spiaggia, come un quadro di Sorolla. Lo tratteggiai in uno schizzo, come lo ricordavo, e intanto canticchiavo *La passerella d'addio* e mi lasciavo andare. Mi sentivo ricchissimo.

Il fatto è che tutti abbiamo due compleanni: il giorno in cui nasciamo e il giorno in cui ci svegliamo alla vita. E oggi io mi ero risvegliato: era il mio secondo compleanno.

Un ultimo pensiero nacque dal mio caos: 'Sì, rischia'. Dovrebbe sempre essere questa la risposta a qualsiasi domanda.

E fu in quell'istante che il mondo azzurro esplose dentro di me.

INDICE

Siamo circondati dalle menzogne,
ed è importantissimo sapere che esiste
un arcipelago di persone che ti dirà sempre la verità.
Perché la verità muove universi interi,
ti rende felice.
Credo che la verità
sia l'unica cosa che davvero conta.

A quel punto mi guardò, sparando le tre domande
che aspettavo di sentirmi fare da sempre:
«Vuoi davvero decidere tu della tua vita?
Vuoi essere padrone di ogni tuo momento?
Sì o no?»
Sì, le risposi, il sì più forte e deciso
che mi fosse uscito di bocca in quarant'anni.

Fotocomposizione:
Nuovo Gruppo Grafico s.r.l. - Milano

Finito di stampare
nel mese di maggio 2015
per conto della Adriano Salani Editore s.u.r.l.
dalla Grafica Veneta S.p.A.
di Trebaseleghe (PD)
Printed in Italy